Alphonse Daudet

(1840. 5. 13 ~ 1897.12. 16)

버금세계명작시리즈

살면서 꼭 읽어야 할 알퐁스 도데 단편선

알퐁스 도데 / 정시원 옮김

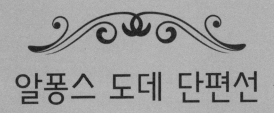

알퐁스 도데 단편선

목차

월요 이야기(Contes de lundi)

풍차 방앗간 편지

Lettres de mon Moulin

별

– 프로방스 지방 어느 목동의 이야기

뤼브롱 산에서 양들을 지키고 있던 시절, 나는 몇 주 동안 사람과 만나지 못하고 사냥개 라브리와 양 떼들만 데리고 방목지에서 홀로 지내야 했습니다. 가끔 몽드뤼르 산에 은거하던 사람이 약초를 캐러 가는 모습이나 피에몽의 숯 굽는 사람의 검은 얼굴을 볼 수 있을 뿐이었습니다. 하지만 그들은 혼자 생활하는 것에 익숙해져 대화의 재미를 잃어버린 지 오래되었고, 아랫마을과 도시에서 일어난 일에 대해서 아는 게 없었습니다. 그러다 보니 보름마다 농장에서 보름치 식량을 싣고 오솔길을 따라 올라오는 노새의 방울 소리와 함께 농장 꼬마의 신이 난 얼굴이나 늙은 노라드 아주머니의 갈색 머리가 조금씩 언덕 위로 나타나는 것을 보는 것이 나에게는 가장 큰 즐거움이었습니다.

　나는 그들에게 아랫마을의 세례나 결혼 소식을 이야기해 달라고 조르곤 했습니다. 하지만 그중에서도 내 관심을 끈 것은 주인집의 스테파네트 아가씨 이야기였습니다. 스테파네트는 근처 마을에서 가장 예뻤습니다. 나는 큰 관심 없는 척하면서도 그녀가 무도회나 잔치에 참석했는지, 새로운 연인이 나타나지는 않았는지 알아보곤 했습니다. 가난한 시골 목동이 그런 것들을 알아서 무엇하냐고 묻는 사람이 있다면 나는 이렇게 대답할 것입니다. 나는 이제 스무 살이고,

스테파네트는 내가 태어나서 본 사람 중 가장 아름다운 사람이라고 말이지요.

그러던 어느 일요일이었습니다. 그날도 나는 보름치의 식량을 기다리고 있었지만 늦게까지 아무도 도착하지 않았습니다. 오전에는 '오늘 큰 미사 때문에 늦는구나.' 하고 생각했습니다. 정오가 되자 세찬 소나기가 내렸고 나는 길 상태가 좋지 않아 노새들이 출발하지 못한 거라고 생각했습니다. 오후 세 시쯤 되자 마침내 하늘이 다시 맑아지고 산이 물과 햇빛으로 반짝였습니다. 그리고 나뭇잎에서 떨어지는 물방울 소리와 냇물이 넘치는 소리를 뚫고 부활절의 종소리처럼 명랑하고 활기찬 노새의 방울 소리가 들려왔습니다. 그런데 노새를 이끌고 온 사람은 농장 꼬마도, 노라드 아주머니도 아니었답니다. 누구였을까요? 그 사람은……. 바로 ……. 우리 아가씨였답니다! 버들가지로 만든 바구니들 사이에 아가씨가 허리를 곧게 펴고 앉아 있었던 겁니다. 산바람과 소나기로 날이 서늘해져서 그녀의 얼굴도 붉게 상기되어 있었습니다.

농장 꼬마는 병이 났고, 노라드 아주머니는 휴가를 받아 자식들의 집에 갔다고 했습니다. 아름다운 스테파네트가 노새에서 내리면서 그렇게 이야기해 주었습니다. 자신은 길을 잃는 바람에 늦었다고 말이지요. 하지만 그녀의 꽃장식 리본과 레이스가 달린 화려한 치마는 덤불 속에서 헤맸다기보다는 무도회라도 갔다가 오느라 늦은 것만 같았습니다. 오, 어찌나 귀여웠던지! 그녀를 아무리 쳐다보아도 내 눈은 싫증을 느끼지 않았습니다. 여태껏 이렇게 가까이에서 그녀를 본 적은 없었습니다. 가끔 내 양들과 함께 평지에 머무는 동안에는 내가 저녁을 먹으러 농장으로 돌아와도 그녀는 여전히 옷을 차려입고 하인들과는 거의 말을 하지 않은 채 도도하게 거실을 지나치곤 했는데……. 지금 그녀가, 오직 나를 위해, 이곳에 와 있는 겁니다. 내가 침착하게 있을 수 있겠습니까?

스테파네트는 바구니에서 식량을 꺼내며 호기심 어린 눈빛으로 주위를 둘러보기 시작했습니다. 예쁜 나들이용 치마가 더럽혀지지 않게 살짝 들어 올리며, 그녀는 내가 평소 잠을 자는 곳을 구경하고 싶다며 양 우리 안으로 들어갔습니다. 밀짚 위에 양가죽을 깐 침대와 벽에 걸린 기다란 외투, 지팡이, 부싯돌 등 모든 것이 그녀에게는 신기하게 보이는 듯했습니다.

"그러니까 여기서 산단 말이지? 가엾기도 해라. 늘 이렇게 혼자 있으면 정말 심심하겠다! 뭘 하면서 지내지? 무슨 생

12

각을 하고?"

나는 '당신 생각을 하지요, 아가씨.'라고 대답하고 싶었습니다. 그리고 그건 거짓말이 아니었습니다. 하지만 너무 당황한 나머지 아무 말도 할 수 없었습니다. 그걸 알아차렸는지 그녀는 더욱 짓궂은 말로 나를 난처하게 만들며 즐거워했습니다.

"그런데 여자 친구는 가끔 너를 보러 올라오니? 아마 그녀는 황금 염소이거나 산꼭대기에서만 뛰어다니는 에스테렐 요정이겠지……."

이렇게 말하면서 머리를 뒤로 젖히고 예쁘게 웃은 후에 돌아가려고 서두르는 그녀의 모습이 내게는 요정 에스테렐처럼 보였습니다.

"잘 있어, 목동아."

"안녕히 가세요, 아가씨."

그렇게 그녀는 빈 바구니들을 가지고 떠났습니다.

그녀가 가파른 오솔길 너머로 사라졌을 때 노새의 발굽 밑에서 구르는 자갈 소리 하나하나가 내 심장 위로 떨어지는 것 같았습니다. 나는 오랫동안 그 소리에 귀를 기울였습니다. 해가 저물 때까지 나는 꿈이 사라질까 두려워 감히 움직이지도 못한 채 잠든 듯 가만히 있었습니다. 그리고 저녁

이 되어 깊은 계곡이 푸른색으로 변하기 시작할 무렵, 양들이 서로 몸을 밀치며 우리 안으로 들어가려고 매에 거리고 있을 때, 언덕길에서 누군가 나를 부르는 소리와 함께 곧이어 우리 아가씨가 모습을 나타냈습니다. 아까의 명랑한 표정과 달리 그녀는 물에 흠뻑 젖어 추위와 두려움에 떨고 있었습니다. 산길 아래쪽에서 폭우를 만나는 바람에 불어난 소르그 강물을 건너려다 그만 물에 빠질 뻔했다는 겁니다. 더군다나 시간이 너무 늦어 아가씨 혼자 도저히 농장으로 돌아갈 수도 없었고, 나는 양 떼들 곁을 떠나 아가씨를 모시고 농장으로 갈 수 없었습니다. 산에서 밤을 보내야 한다는 생각에 무척 걱정했습니다. 특히 가족들이 걱정할 거라는 생각 때문에 말이지요. 나는 최대한 그녀를 안심시키려 노력했습니다.

"아가씨, 7월은 밤이 무척 짧답니다. 잠시만 참으면 금방 아침이 와요."

나는 소르그 강물에 흠뻑 젖은 그녀의 옷과 발을 말리기 위해 서둘러 불을 피웠고 그런 뒤 우유와 치즈를 가져다주었습니다. 하지만 가련한 소녀는 몸을 덥히려고도 음식을 먹으려고도 하지 않았습니다. 그녀의 눈에 커다랗게 맺힌 눈물을 보자 나도 그만 울고 싶어졌습니다.

어느덧 밤이 찾아왔습니다. 산등성이에는 태양의 남은 빛마저 사라지고 서쪽 하늘의 뿌연 빛만 남았습니다. 나는 아가씨에게 양 우리 안으로 들어가 쉬라고 말했습니다. 새로 깐 짚 위에 좋은 가죽을 깔아 준 뒤 그녀에게 잘 자라는 인사를 하고는 문밖에 앉았습니다. 내 핏속에 사랑의 불꽃이 끓어오르고 있었지만 나쁜 생각은 전혀 하지 않았다는 걸 하느님은 아실 겁니다. 나는 우리 안에서 양들이 호기심에 찬 시선으로 바라보고 있는 바로 옆 구석자리에, 그 모든 양보다 더 하얗고 더 소중한 아가씨가 나를 믿고 누워서 자고 있다는 사실에 그저 커다란 자부심을 느꼈을 뿐입니다. 하늘이 그 어느 때보다도 더 높아 보였고, 별들은 그 어느 때보다도 더 밝게 빛나고 있는 것 같았습니다……

바로 그때 갑자기 우리 문이 열리며 아름다운 스테파네트가 모습을 드러냈습니다. 그녀는 잠이 오지 않았던 모양입니다. 움직이는 양들 때문에 밀짚이 바스락거리고, 꿈꾸는 양들이 메에 하는 소리를 내는 바람에 차라리 불 곁에 있는 것이 낫다고 생각한 것입니다. 나는 가지고 있던 양가죽을 그녀의 어깨에 덮어 주고 불을 더 키웠습니다. 그리고 우리 두 사람은 아무 말 없이 나란히 앉아 있었습니다. 당신이 만약 아름다운 별들 아래서 밤을 지새운 적이 있다면,

모두가 잠든 시간 동안 고독과 침묵 가운데 신비로운 세상이 새로이 눈을 뜬다는 걸 아실 겁니다. 그 순간 샘물은 더욱 맑은 소리로 노래하고 연못에서는 작은 불꽃들이 피어오릅니다. 모든 산의 정령들이 자유롭게 오가는 듯한 바람에 스치는 소리가 나뭇가지가 자라나고 풀이 돋아나는 소리처럼 들리지요. 낮이 생명체들의 시간이라면 밤은 사물들의 시간입니다. 밤에 익숙하지 않은 사람은 두려움이 생기기 마련입니다……. 우리 아가씨 또한 작은 소리에도 오들오들 떨며 내 곁으로 바싹 몸을 붙이곤 했습니다.

그러던 중에 저 아래 반짝이는 연못가에서 길고 처량한 울음소리가 물결을 타고 파도치듯 울려왔습니다. 그 순간에 아름다운 유성 하나가 연못을 가로질러 우리 머리 위를 지나갔습니다. 마치 그 슬픈 울음소리와 그 아름다운 빛이 서로를 운반해 주고 있는 것 같았습니다.

"저게 뭐야?"

스테파네트가 낮은 소리로 물었습니다.

"천국으로 들어가는 영혼이랍니다, 아가씨."

나는 대답하면서 성호를 그었습니다.

스테파네트도 나를 따라 성호를 그었습니다. 그러고는 한동안 하늘을 바라보며 생각에 잠겼습니다. 그러고 나서 그녀가 말했습니다.

"너희 목동들은 마법을 부린다는데, 정말이니?"

"그럴 리가 있나요, 아가씨. 하지만 우리 목동들은 별들과 가까운 곳에 살기 때문에 저 아래 들판에 있는 사람들보다는 별에서 일어나는 일들에 대해서 더 잘 안답니다."

그녀는 여전히 한 손으로 턱을 괴고 양가죽을 어깨에 두른 채 천국의 어린 목동처럼 하늘을 보고 있었습니다.

"별이 정말 많구나! 어쩌면 이렇게 아름다울까! 난 이렇게 많은 별을 본 적이 없어. 너는 이 별들의 이름을 다 알고 있니?"

"물론이지요, 아가씨……. 보세요! 우리 바로 위에 있는 것이 '성 자크의 길(은하수)'이에요. 프랑스에서 스페인 쪽으로 곧장 뻗어 있지요. 용감한 샤를마뉴 대제가 사라센 사람들과 전쟁을 벌일 때, 갈리시아의 성 자크가 그에게 길을 가르쳐 주기 위해 저 길을 놓았대요. 그보다 멀리 네 개의 빛나는 축과 함께 있는 것이 '영혼들의 수레(큰곰자리)' 예요. 앞에 이끄는 세 개의 별은 '세 마리의 동물들'이고 세 번째 별 바로 곁에 있는 작은 별이 바로 '마부'랍니다. 그 주위로 별들이 비처럼 쏟아져 내리는 게 보이지요? 그건 하느님이 당신의 집으로 데려가길 원하지 않는 영혼들이랍니다……. 그보다 좀 더 아래 '갈퀴' 또는 '세 명의 왕(오리온)'이라고 부르는 별이 있지요. 이 별은 우리 같은 사람들에게 시계 역할을 한답니다. 저 별들을 보기만 해도 지금 자정이 지났다는 걸 금세 알 수 있어요. 그 아래 항상 남쪽에서 빛나는 '장 드 밀랑(시리우스)'은 하늘의 횃불이라고도 불러요. 저 별들에 대해서 우리 목동들 사이에 전해 내려오는 이야기가 있답니다. 어느 날 밤, '장 드 밀랑'이 '세 명의 왕' 그리고 '닭장(북두칠성)'과 함께 친구 별의 결혼식에 초대를 받았대요. 성질이 급한 '닭장'이 서둘러 먼저 출발해 위쪽 길로 갔다는군요. 저기 위, 하늘 가장 높은 곳을 보세요. '세 명의 왕'은 '닭장'을 따라잡으려고 아래쪽 길로 가로질러 갔답니다. 그런데 늦잠을 자다가 가장 늦게 떠난 게으른 '장 드 밀랑'이 혼자 뒤처지는 바람에 그만 화가 나서 지팡이를 던져 앞의 별들을 멈춰 세웠대요. 그래서 '세 명의 왕'을 '장 드 밀랑의 지팡이'라고도 부르지요……. 하지만 아가씨, 저 별 중에서 가장 아름다운 건 다름 아닌 우리 '목동의 별'이랍니다. 새벽에 양 떼들을 내보낼 때나 저녁에 양 떼들을 불러들일 때 이 별은 우리를 비춰 주지요. 우리는 이 별을 '마글론'이라고도 부르는데, 아름다운 마글론은 '프로방스 피에르(토성)'의 뒤를 따라다니다 칠 년마다 만나 그 별과 결혼을 한답니다."

"뭐? 별들도 결혼을 한단 말이야?"

"그럼요, 아가씨."

나는 별들의 결혼에 대해 그녀에게 설명해 주다가 내 어깨 위에 너무나 아름다운 무엇인가가 가볍게 닿는 것을 느꼈습니다. 옷에 달린 리본과 레이스, 그리고 구불구불한 머리카락이 예쁘게 구겨진 채로 그녀가 잠이 들면서 내 어깨에 머리를 기댔던 것입니다.

우리는 날이 밝아오면서 별빛이 창백하게 엷어질 때까지 꼼짝도 하지 않고 그대로 있었습니다. 나는 그녀의 자는 얼굴을 자꾸만 들여다보았습니다. 내 마음 깊은 곳에서는 희미하게 동요가 일었지만, 내가 언제나 아름다운 생각만을 하도록 해주는 밤의 깨끗하고 신성한 빛이 기적처럼 나를 보호해 주었습니다.

우리 주위에서 수많은 별이 커다란 양 떼처럼 조용한 행진을 계속했습니다. 순간 나는 이런 생각을 했습니다. 저 별 중 가장 아름답고 반짝이는 별 하나가 길을 잃고 내 어깨에 기대 잠든 것이라고.

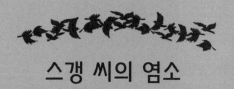

스갱 씨의 염소

– 파리의 서정시인 피에르 그랭구아르에게

너는 언제나 똑같을 거야, 불쌍한 그랭구아르*!

뭐! 파리의 좋은 신문사에서 네게 시사평론 담당 기자 자리를 제안했는데 태연히 그걸 거절했다고? 너 자신을 좀 보렴, 불쌍한 녀석아! 구멍 난 웃옷, 다 떨어진 신발, 배고프다고 외쳐대는 그 야윈 얼굴을 보라니까. 아름다운 시에 대한 너의 열정이 너를 그렇게 만들었어! 아폴론의 시동들 속에서 충성스럽게 섬긴 10년이 네게 가져다준 것이 고작 그거라고……. 너는 부끄럽지도 않니? 그러니까 시사평론 담당 기자가 되라고, 이 멍청이야! 시사평론 기자가! 그러면 너는 화려하게 큰돈을 벌게 될 테고 브레방 호텔의 레스토랑을 자기 집 드나들 듯하게 될 거고, 모자에 새 깃을 꽂고 연극 시사회에 모습을 드러낼 수 있을 거야……. 싫다고? 그러고 싶지 않다고? 끝까지 네 멋대로 자유롭게 남아 있으려 한다고……. 그래, 그렇다면 스갱 씨의 이야기를 좀 들어 보렴. 자유롭게만 살고 싶어 하면 뭘 얻게 되는지 알 수 있을 거야.

스갱 씨는 염소들을 키우면서 행복한 적이 결코 없었어. 모두 같은 방식으로 잃어버렸으니까. 어느 화창한 날 아침에 염소들은 자기 줄을 끊고는 산으로 가 버렸고 거기서 늑대한테 잡아먹혔지. 주인의 어루만짐도, 늑대에 대한 두려움도, 그 무엇도 그들을 붙들어 놓지 못했어. 그 무엇보다 드넓은 곳과 자유를 원했던 독립적인 염소들이었던 것 같아.

선량한 스갱 씨는 자기 염소들을 도통 이해하지 못하고 그저 아연실색했어. 그래서 "이제 끝났어. 염소들은 내 집이 지루했나 봐. 나는 한 마리도 지키지 못할 거야."라고 말했지. 하지만 그는 염소 여섯 마리를 같은 식으로 잃어버리고 난 뒤에도 낙담하지 않고 또 한 마리를 샀지. 단 이번에는 신경 써서 아주 어린 염소를 샀어. 자기 집에 더 잘 적응할 수 있도록 말이야.

아! 그랭구아르, 스갱 씨의 그 어린 염소는 참으로 예뻤어! 부드러운 눈, 군인 같은 턱수염, 반짝이는 검은색 발굽, 줄무늬가 있는 뿔, 외투처럼 보이는 기다란 흰 털들 덕분에 너무나 예뻤지! 에스메랄다**의 어린 염소 생각나니? 그랭구아르? 그 염소만큼이나 매력적이었어. 게다가 순하고, 어리광도 부리고, 젖 짤 때도 가만히 있고, 밥그릇에 발을 넣지도 않았지. 정말이지 사랑스러운 새끼 염소였어……

스갱 씨는 집 뒤에 산사나무로 둘러싸인 밭을 갖고 있었어. 그는 거기다가 새끼 염소의 새로운 우리를 마련했지. 그 풀밭에서 가장 좋은 곳에 말뚝을 박고 거기에 염소를 묶어 놓았어. 신경 써서 줄도 길게 늘여 주었고 말이야. 그러고는 그 염소가 잘 지내는지 가끔 보러 왔지. 염소는 아주 행복해했고 즐겁게 풀을 뜯어 먹어서 스갱 씨는 몹시 기뻤어.

"드디어 내 집에서 지루해하지 않을 염소를 찾았다!"

그 불쌍한 사람은 그렇게 생각했지. 그런데 스갱 씨는 잘못 생각한 거였어. 그의 염소는 지루해했거든.

어느 날 그 염소는 산을 바라보며 중얼거렸어.

"저 높은 곳은 참 좋을 거야! 목에 긁히는 이 빌어먹을 줄 없이 관목이 무성한 곳에서 깡충깡충 뛰어다니면 얼마나 신날까? 이렇게 갇힌 풀밭에서 풀을 뜯어 먹는 것은 당나귀나 소한테 좋은 거지. 염소들한테는 넓은 곳이 필요해!"

그 순간부터 우리 안의 풀은 맛이 없었어. 지루함이 찾아온 거야. 그러자 염소는 몸이 마르고 젖도 잘 나오지 않았어. 온종일 줄을 끌어당기면서 고개를 산 쪽으로 돌리고 콧구멍을 크게 벌린 채 구슬프게 "음매에." 하고 우는 그 염소를 보면 참 딱했어. 스갱 씨는 자기 염소에게 무슨 일이 일어났다는 것을 금방 알아챘지. 그러나 이유는 몰랐어.

어느 날 아침, 그가 염소젖 짜는 일을 마쳤을 때 염소가 몸을 돌리더니 스갱 씨에게 이렇게 말했어.

"제 말 좀 들어 보세요, 스갱 씨. 나는 당신 집에서 지내는 것이 따분해요. 나를 산으로 가게 해 주세요."

"아, 맙소사! 이 염소마저!"

스갱 씨는 너무 놀라서 큰 소리로 외쳤지. 그러고는 염소 곁 풀밭에 앉아서 이렇게 말했어.

"뭐! 블랑케트, 나를 떠나고 싶다고?"

그러자 블랑케트가 대답했어.

"네, 스갱 씨."

"풀이 부족해서 그러니?"

"아, 아니에요! 스갱 씨."

"어쩌면 줄이 너무 짧았나 보구나. 더 길게 해 줄까?"

"그러실 필요 없어요, 스갱 씨."

"그럼, 너한테 뭐가 필요한 거니? 뭘 원하는 거야?"

"산으로 가고 싶어요, 스갱 씨."

"불행하게도 산에 늑대가 있다는 걸 모르는구나……. 늑대가 오면 어떡할래?"

"뿔로 받을 거예요, 스갱 씨."

"늑대는 네 뿔 따위는 아주 우습게 여긴단다. 너보다 뿔이 훨씬 큰 내 암염소들도 먹어 치워 버렸어. 작년에 여기 있던 그 불쌍한 늙은 르노드를 너도 잘 알지? 숫염소처럼 강하고 사나운 우두머리 암염소였는데……. 르노드는 늑대랑 밤새 싸우다가 아침에 늑대한테 잡아먹혔어."

"저런, 가여워라. 하지만 괜찮아요, 스갱 씨. 나를 산으로 가게 놓아주세요."

"맙소사! 아니, 도대체 내 염소들은 왜 다 이런 거야? 이번에도 또 늑대에게 잡아먹힐 염소라니……. 안 되지, 암! 안 되고말고. 네가 뭐라고 하든 나는 너를 구해 낼 거야, 이 망나니야! 네가 줄을 끊어 버릴지도 모르니 너를 외양간에 가둘 테다. 너는 앞으로 늘 거기서 지내게 될 거야."

스갱 씨는 그렇게 말하고 나서 그 염소를 아주 캄캄한 외양간으로 데려가서는 문을 꽁꽁 잠가 버렸어. 그런데 불행히도 창문을 잊은 거야. 스갱 씨가 등을 돌리자마자 어린 염소는 도망가 버렸어. 웃는 거니, 그랭구아르? 물론 그렇겠지. 그럴 거라고 생각해. 너는 선량한 스갱 씨 대신에 염소 편을 들겠지. 네가 조금 뒤에도 웃게 될지 두고 보자꾸나.

하얀 염소가 산에 도착하자 모두가 황홀해했어. 늙은 전나무들은 그토록 예쁜 것을 본 적이 없었지. 그 염소는 어린 여왕처럼 환영받았어. 밤나무들은 가지 끝으로 염소를 어루만지려고 땅에 닿을 만큼 몸을 숙였어. 금작화들은 염소가 지나갈 때 꽃을 활짝 벌렸고 한껏 좋은 향기를 풍겼지. 온 산이 그 염소를 열렬히 환영했어.

그 염소가 행복했을 거라고 너는 생각하겠지. 그랭구아르! 목에 맨 줄도 없고 말뚝도 없었으니까······. 누구도 깡충깡충 뛰거나 마음대로 풀을 뜯어 먹는 것을 막지 않았어. 거기에는 풀이 잔뜩 있었어! 그 염소의 뿔보다 더 높이 자라 있었다니까, 글쎄! 게다가 풀은 또 얼마나 훌륭한지! 맛있고, 가느다랗고, 들쭉날쭉하고, 온갖 식물로 가득한 풀밭······. 우리 속 잔디와는 아주 다른 풀들이었지. 게다가 꽃들도 있고! 커다랗고 파란 초롱꽃, 꽃받침이 긴 자줏빛 디기탈리스, 온 숲이 매혹적인 즙으로 흘러넘치는 야생화 천지였어!

그 하얀 염소는 반쯤 취해 숲속에서 다리를 공중으로 쳐들고 발라당 드러누워 비탈을 굴렀고 낙엽과 밤들과 함께 뒤범벅되었어. 그러다가 갑자기 벌떡 일어서서 "자!"라고 외치고는 출발했어. 머리를 쭉 내밀고 관목들과 회양목들을 헤치고, 어떤 때는 산꼭대기로, 어떤 때는 골짜기 깊숙한데로, 높은 곳으로, 낮은 곳으로, 온갖 곳을 돌아다녔지. 산에 스갱 씨의 염소가 한 열 마리는 있는 것 같았어. 왜냐하면 블랑케트는 두려운 게 아무것도 없거든. 축축한 먼지와 거품을 튀기며 흐르는 커다란 급류를 블랑케트는 한 번에 펄쩍 뛰어넘곤 했지. 그러고는 편평한 돌에 완전히 젖은 몸을 눕히고는 햇볕에 말렸어. 한 번은 금작화를 입에 물고서 어느 고원 가장자리에 이르러서는 저 아래 있는 스갱 씨의 집과 그 뒤에 딸린 우리를 보게 되었지. 그러자 염소는 눈물이 날 정도로 웃어 댔어.

"어쩜 저렇게 작지! 내가 어떻게 저 안에서 버틸 수 있었을까?"

불쌍한 것 같으니라고! 그렇게 높이 올라가 있으니까 자기가 온 세상만큼 커다란 줄 알았나 보지?

그날 스갱 씨의 염소는 좋은 하루를 보냈어. 낮에는 사방으로 뛰어다니다가 머루를 게걸스럽게 따 먹고 있는 산양 떼를 만나게 되었어. 하얀 원피스를 입은 것 같은 우리의 달리기 선수는 그 산양들을 동요시켰어. 블랑케트에게 머루를 따 먹기 가장 좋은 자리가 돌아갔고 모든 숫산양들이 환심을 사려고 아주 난리였어. 이건 우리끼리 얘긴데 그랭구아르, 검은 털의 한 젊은 산양은 운 좋게 블랑케트의 마음에 들었어. 사랑에 빠진 그 둘은 한두 시간 정도 숲을 헤매고 다녔지. 그 둘이서 무슨 말을 주고받았는지 알고 싶다면

28

이끼 속에 숨어서 흐르는 수다스러운 샘물에게 물어보렴.

 그런데 갑자기 바람이 차가워졌어. 산은 보랏빛으로 변했지. 저녁이 된 거야.

"벌써!"

 어린 염소는 말했어. 그러고는 몹시 놀라서 우뚝 멈췄어. 저 아래 들판이 안개에 잠겨 있었어. 스갱 씨의 우리는 그 뿌연 안갯속으로 사라져 버렸고 보이는 거라고는 약간의 연기가 뿜어져 나오는 스갱 씨네 집 지붕뿐이었어. 블랑케트는 사람들이 집으로 데려가는 가축들의 방울 소리에 귀를 기울였어. 그러자 마음이 아주 슬퍼졌지. 둥지로 돌아오던 큰 매가 블랑케트를 날개로 살짝 스쳤어. 블랑케트는 몸을 떨었어. 이윽고 산속에 울부짖는 소리가 들렸어.

 "우우! 우우!"

 블랑케트는 늑대가 생각났어. 온종일 미친 듯이 뛰어다니느라 까맣게 잊고 있었던 거야. 바로 그 순간, 계곡 멀리서 나팔 소리가 울려왔어. 선량한 스갱 씨의 마지막 노력이었지.

 "우우! 우우!"

늑대가 울었어.

"돌아와! 돌아와!"

나팔은 외쳐 댔어. 블랑케트는 돌아가고 싶었어. 하지만 말뚝, 줄, 울타리를 떠올리자 더는 그런 생활에 적응할 수가 없으니 그냥 숲에 남아 있는 게 낫다고 생각했어.

나팔 소리가 더 들리지 않았어. 그때 염소 뒤에서 나뭇잎이 흔들리는 소리가 들렸어. 염소가 몸을 돌려 보니 그늘 속에 짧고 곧은 두 개의 귀와 반짝반짝 빛나는 두 개의 눈이 보였어. 늑대였어. 바로 뒤에서 거대한 늑대가 미동도 없이 두 발로 앉아 그 하얗고 어린 염소를 바라보고 있었어. 군침을 흘리면서 말이야. 늑대는 자기가 그 염소를 먹게 되리라는 것을 알았기 때문에 서두르지 않았어. 염소가 몸을 돌리자 그저 못되게 웃기 시작했지.

"하하! 스갱 씨의 어린 염소로구나!"

그러고는 커다랗고 시뻘건 혀로 축 늘어진 입술을 핥았지. 블랑케트는 모든 게 끝났다는 걸 깨달았어. 어느 순간, 밤새 싸우다가 아침에 잡아먹혔다던 늙은 르노드 이야기가 떠오르면서 차라리 당장 먹히도록 가만히 있는 게 낫겠다고 생각했지. 그러다가 생각을 바꿔서 스갱 씨의 용감한 염소가 그랬던 것처럼 머리를 낮추고 뿔을 내밀며 경계 태세에 돌입했어. 늑대를 죽일 수 있다는 희망 때문에 그런 게 아냐. 한낱 염소가 늑대를 죽이지는 못하니까. 그저 자기도 르노드만큼 오래 버틸 수 있을지 알아보기 위해서였어.

그때 그 괴물 같은 늑대가 다가왔고 염소의 작은 뿔들은 춤추기 시작했어. 아, 용감한 어린 염소! 그 염소는 정말 용감하게 맞섰지! 늑대가 뒤로 물러나 숨을 돌린 게 열 번도 넘었다니까. 거짓말이 아냐, 그랭구아르. 그렇게 일 분 정도 쉴 때마다 그 탐식가 염소는 자기가 좋아하는 풀을 급하게 따 먹곤 했어. 풀을 입에 잔뜩 물고서 다시 전투에 돌입했지. 밤새도록 그랬어. 가끔 스갱 씨의 염소는 청명한 하늘에서 별들이 춤추는 것을 바라보았어. 그러고는 생각했지.

"아! 내가 새벽까지만 버티면 좋겠는데……."

별들이 하나씩 하나씩 꺼져 갔어. 블랑케트는 뿔 공격에 힘을 더 실었고 늑대는 이빨로 공격을 더 해 갔지. 어슴푸레한 빛이 지평선에 나타났어. 목이 쉰 수탉의 울음소리가 어느 소작지에서 들려왔어.

"드디어!"

죽기 위해 오로지 동이 트기만을 기다렸던 그 불쌍한 짐승이 말했어. 염소는 아름답고 하얀 털이 온통 피로 얼룩진 채 바닥에 길게 뻗었어. 그러자 늑대가 달려들어 그 어린 염소를 먹어 치웠어.

 안녕, 그랭구아르! 네게 들려준 이 이야기는 내가 지어낸 동화가 아냐. 네가 혹시라도 프로방스에 온다면 우리 지방 아주머니들이 자주 얘기해 줄 거야. "스갱 씨네 새끼 염소가 밤새 늑대와 싸우다가 아침에 그 늑대 놈에게 잡아먹혀 버렸대요."라고 말이야. 내 말 알아들었지, 그랭구아르? 아침에 늑대 놈에게 잡아먹혀 버렸다니까.

*그랭구아르 : 16세기 초의 실존 인물인 그랭구아르는 빅토르 위고의 〈노트르담 드 파리〉에서 루이 11세 시대의 돈 한 푼 없는 시인으로 묘사되어 있다. 그때부터 그랭구아르라는 이름은 그런 인물을 상징하는 전형적인 이름으로 사용되고 있다.
**에스메랄다 : 빅토르 위고의 소설 〈노트르담 드 파리〉에 나오는 여주인공으로 항상 작은 하얀색 염소와 같이 다닌다. 이 소설에서 그녀는 그랭구아르에게 결혼을 제의함으로써 그의 목숨을 구하고, 그랭구아르는 그녀가 화형을 당할 때 염소를 구해준다.

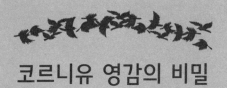

코르니유 영감의 비밀

설탕과 향료를 넣은 포도주를 함께 마시려고 가끔 나를 찾아오곤 하는 피리 연주자인 프랑세 마마이 영감이 내가 지금 들어와 있는 풍차 방앗간에서 한 20년 전에 일어난 작은 사건에 대해 며칠 전 이야기해 주었습니다. 그의 이야기는 감동적이었습니다. 내가 들은 그대로 당신에게 그 이야기를 다시 전합니다.

친애하는 여러분, 잠깐이라도 좋으니 포도주 단지를 앞에 놓고 앉아서 늙은 피리 연주자의 이야기를 듣고 있다고 한 번 상상해 보십시오.

선생, 우리 고장이 옛날에는 요즘처럼 활기도 없고 노랫소리 하나 들리지 않는 쓸쓸한 곳은 아니었소. 예전엔 이곳에서 밀가루 거래가 번성했고, 사방 백 리 안팎의 농부들은 밀을 갈기 위해 우리 고장으로 오곤 했지……. 마을 주위의 야산들에는 온통 방앗간들이 점점이 흩어져 있었어. 그래서 어느 쪽을 바라보아도 소나무 위로 북서풍을 받으며 돌고 있는 풍차 날개와 자루를 싣고 언덕을 오르내리는 작은 당나귀들의 긴 행렬을 볼 수 있었지. 일주일 내내 이 산꼭대기에서 채찍 소리와 풍차 날개가 삐걱거리는 소리, 방앗간

36

일꾼들의 고함을 듣는 것은 정말 즐거운 일이었네.

일요일이 되면 이곳 사람들은 무리를 지어 방앗간으로 올라왔고 방앗간 주인들은 그들에게 백포도주를 한 잔씩 돌리곤 했지. 그리고 방앗간 주인의 아내들은 마치 여왕처럼 옷을 차려입고 레이스로 짠 숄과 금으로 만든 십자가로 장식을 했어. 나는 항상 피리를 가지고 갔고 사람들은 모두 밤이 깊도록 파랑돌(프로방스 지방에서 시작된 8분의 6박자의 경쾌한 춤)을 추곤 했지. 알겠나? 이 방앗간들은 이 고장의 재산이었을 뿐만 아니라 우리의 자부심이자 기쁨이었네.

그런데 불행하게도 파리에서 온 몇몇 프랑스인들이 타라스콩으로 가는 길목에 증기 제분기를 설치할 생각을 했다네. 사람들은 이 새로 생긴 멋진 제분소로 밀을 보내기 시작했고 가엾은 풍차 방앗간들이 할 수 있는 일이 아무것도 남지 않게 되었네. 풍차 방앗간들이 한동안 이에 맞서 투쟁하기는 했지. 하지만 증기기관은 그 사람들이 감당할 수 없는 것이었고 슬프게도 하나둘씩 문을 닫지 않을 수 없었네.

작은 당나귀들의 모습은 이제 더는 보이지 않았어. 멋진 방앗간 주인의 아내들은 금으로 된 십자가를 팔았고 이제는 백포도주도 없었다네! 파랑돌을 추는 사람도 없었어! 북서풍이 아무리 세게 불어도 풍차 날개는 여전히 움직이지 않았지……. 그런데 어느 화창한 날, 지방 정부 관리들이 폐허가 된 이 풍차 방앗간들을 모두 부수고 그 자리에 포도나무와 올리브나무를 심어버렸지 뭔가.

 하지만 이런 재앙의 한가운데에서 한 곳의 방앗간만은 꿋꿋이 버티고 서서 증기의 힘으로 돌아가는 그 제분소들이 있음에도 불구하고 용감하게 계속해서 풍차를 돌렸네. 그것은 바로 코르니유 영감의 방앗간이었네. 그래, 지금 우리가 이토록 즐거운 저녁 시간을 보내고 있는 바로 이곳이라네.

 코르니유 영감은 60년 동안 방앗간 일을 해왔고 그것을 아주 자랑스럽게 생각하고 있었네. 그래서 그는 제분소가 들어서자 펄펄 뛰며 화를 냈지. 일주일 동안 그는 마을을 돌아다니며 자신을 지지해 줄 사람들을 구했고 증기의 힘을 이용하여 갈아낸 밀가루가 프로방스 전체를 독에 중독시킬 것이라고 큰 소리로 말하고 다녔다네.

 "그놈들 근처에는 가지도 말게."

 그는 이렇게 말하곤 했지.

 "그 도둑놈들은 빵을 만드는 데 증기를 이용하고 있어. 그

건 악마의 발명품이야. 나는 북서풍과 북풍을 이용해. 이 바람들은 하느님의 숨결이란 말이야……."

그리고 그는 풍차 방앗간을 찬양하는 노래를 부르곤 했어. 하지만 아무도 그의 말에 귀를 기울이지 않았네.

그러자 코르니유 영감은 화가 나서 자신의 방앗간에 틀어박혀 사나운 짐승처럼 혼자 살았다네. 그는 자기 손녀딸조차도 자신과 함께 사는 것을 허락하지 않았어. 그때 열다섯 살의 어린 소녀였던 비베트는 부모가 모두 돌아가셔서 할아버지 외에는 세상에 아무도 없었는데도 말이네. 이 불쌍한 소녀는 스스로 생계를 해결하기 위해 농장에서 일하며 추수를 거들고, 누에를 치고, 올리브 열매를 따야 했지. 사실 그 아이의 할아버지는 어린 손녀를 지극히 사랑했다네. 그가 뜨거운 한낮에 농장에서 일하는 손녀를 보기 위해 40리나 되는 거리를 걸어서 찾아오는 모습을 자주 볼 수 있었지. 그리고 손녀와 함께 있을 때면 그는 눈물을 흘리면서 몇 시간 동안이나 계속해서 그 아이를 바라보곤 했다네.

사람들은 코르니유 영감이 비베트를 내보낸 것은 돈을 아끼려 그랬다고 생각했네. 또한 손녀가 이 농장 저 농장으로 떠돌아다니며 양치기들의 거친 농담과 일을 하는 어린 소녀들이 겪어야 하는 온갖 비참한 일들을 겪고 있는데도 그가 가만히 있는 것 역시 사람들의 눈에는 좋게 보이지 않았지. 사람들은 항상 자긍심을 지켜왔으며 유명 인사였던 코르니유 영감이 방랑자처럼 맨발에 구멍 난 모자를 쓰고 누더기가 된 허리띠를 두르고 거리를 돌아다니는 모습을 창피한 일이라고도 생각했네……

사실 우리 같이 나이 든 사람들은 일요일에 그가 미사에 참석하러 마을로 들어오는 것을 볼 때면 그의 모습에 창피함을 느끼곤 했어. 코르니유도 그런 사실을 잘 알고 있었기 때문에 교회 안으로 들어와서 의자에 앉을 생각을 하지 않았네. 그는 언제나 교회 뒤쪽에 가난한 사람들과 함께 있었네.

하지만 코르니유 영감에게는 많은 사람이 이해할 수 없는 점이 하나 있었다네. 오랫동안 마을의 누구도 그에게 곡식을 가져간 적이 없는데도 그의 풍차가 옛날과 똑같이 계속 돌아가고 있었던 거지……. 저녁때가 되면 우리는 커다란 밀가루 자루를 짊어진 당나귀를 앞세우고 오솔길을 걸어가는 노인을 만나곤 했네.

"안녕하세요, 코르니유."

농부들은 이렇게 큰소리로 인사하곤 했네.

"방앗간이 아직도 일을 하나 보네요?"

"내 방앗간은 멈추는 법이 없다네."

코르니유 영감은 유쾌하게 대답했네.

"일거리가 떨어지는 경우가 없어. 하느님께 감사할 일이지."

하지만 누가 도대체 어디서 그렇게 많은 일감을 얻어오느냐고 묻기라도 하면 그는 손가락을 입술에 갖다 대면서 엄숙한 말투로 이렇게 대답하곤 했네.

"비밀이라네! 나는 수출과 관련된 일을 하고 있어……."

누구도 이 이상은 알아낼 수 없었다네.

설사 누가 직접 방앗간 안을 들여다볼 생각을 했다 하더라도 그건 소용없는 일이었네. 어린 비베트조차 그 안에 들어갈 수 없었으니까…….

사람들이 그의 방앗간 옆을 지나갈 때마다 방앗간의 문은 닫혀 있었고 커다란 풍차 날개는 여전히 돌고 있었네. 늙은 당나귀는 풀을 뜯고 있었고 야윈 고양이는 창틀 위에서 햇볕을 쬐며 지나가는 사람들에게 심술궂은 표정을 지어 보이곤 했네.

이 모든 것이 왠지 신비스러운 분위기를 자아내어 사람들은 방앗간에 관한 이야기를 바쁘게 했다네. 모두 코르니유 노인의 비밀에 대해 의견을 갖고 있었지만, 그 풍차 방앗간에는 밀가루 포대보다 금화 포대가 더 많을 거라 생각했다네. 하지만 결국 모든 것이 다 밝혀졌지. 그게 어떻게 밝혀졌는지 얘기를 하자면 이렇다네.

어느 화창한 날 젊은이들이 내 피리 소리에 맞춰 춤을 추고 있을 때, 나는 내 큰아들과 어린 비베트가 서로 사랑하고 있다는 것을 알게 되었네.

사실 난 그 사실이 그리 싫지는 않았네. 어쨌든 코르니유라는 이름은 이 지역에서 아주 존경받는 이름이니까. 게다가 그 예쁘고 어린 비베트가 집안에서 종종걸음으로 돌아다니는 광경을 보는 것도 즐거운 일이 될 것 같았지. 그 두 아이가 서로 만나서 함께 있을 기회가 잦았기 때문에 나는 혹시라도 사고가 생길 경우를 대비해서 일을 당장에 해결해버려야겠다고 결심했네. 그래서 그 아이의 할아버지와 이야기하려고 산으로 올라갔지. 그 늙은이가 나를 어떻게 맞아들였는지 선생도 봤어야 했는데! 그는 문도 열려고 하지 않았다네. 나는 열쇠 구멍을 통해서 내가 왜 올라왔는지 설명했네. 그 비쩍 마른 망나니 같은 고양이는 내 머리 위 창틀에서 악마처럼 숨을 할딱거리고 있었다네.

그 늙은이는 내가 말을 끝낼 때까지 기다리지도 않았네. 그는 세상에서 제일 무례한 말투로 나보고 가서 피리나 불지 왜 왔느냐, 아들을 결혼시키는 게 그렇게 급하다면 가서 제분소 여자들이나 찾아봐라, 이렇게 고함을 질렀네. 그런 말을 듣고 내 피가 얼마나 끓어올랐겠는지 선생도 짐작할 수 있을게요. 하지만 나는 화를 억제할 수 있을 만큼 분별 있는 사람이었기 때문에 그 늙은 바보는 맷돌이나 끌어안고 살도록 내버려 두고 집으로 가서 아이들에게 내가 어떤 대접을 받았는지 이야기해주었네…….

그러나 순진한 아이들은 그런 일이 일어났다는 사실을 믿지 않았네. 그래서 자기들이 직접 방앗간으로 올라가서 얘기해보겠다고 내게 간청했지……. 나는 차마 아이들의 청을 거절하지 못했고 아이들은 재빨리 달려 나갔네.

아이들이 방앗간에 도착했을 때, 마침 코르니유 영감은 나가고 없었네. 문에는 이중으로 자물쇠가 채워져 있었지만, 사다리를 밖에 놔둔 채 나갔기 때문에 그 아이들은 창문을 통해 안으로 들어가서 사람들이 떠들어대는 이 방앗간 안에 뭐가 있는지 한번 보자는 생각을 하게 됐네.

그런데 수수께끼가 더 깊어질 뿐이었네! 밀을 가는 방이 텅비어 있었거든……. 밀가루 포대는 하나도 없었고 밀알 한

43

톨도 보이지 않았네. 벽에도, 심지어 거미줄에도 밀가루가 묻어 있는 흔적은 눈을 씻고 봐도 없었다네……. 방앗간에서 밀을 갈 때 풍기게 마련인 따뜻하고 향긋한 냄새도 없었네. 풍차 방아의 구동축에는 먼지가 쌓여 있었고 그 위에 비쩍 마른 고양이가 누워 잠을 자고 있었다네.

사람의 손이 닿지 않아 황량하기는 아래층도 마찬가지였네. 정리하지 않아 흐트러진 침대, 누더기 몇 벌, 계단 위에 놓여 있는 빵 한 조각 그리고 구석에 포대가 서너 개 열린 채 놓여 있었는데, 그 안에는 깨진 회벽 조각과 헐린 풍차 방앗간에서 가져온 여러 가지 폐기물들이 들어 있었다네.

그것이 바로 코르니유 영감의 비밀이었다네! 그가 자기 방앗간의 명예를 지키고, 방앗간에서 아직도 밀을 갈아 밀가루를 만들어내고 있다 생각하게 하려고 밤마다 오솔길을 오르내리며 나르던 것이 바로 이 회벽 조각, 벽돌 같은 폐기물들이었던 거지……. 불쌍한 노인네 같으니라고! 코르니유 영감과 그의 방앗간은 이미 오래전에 제분소에 손님들을 모두 빼앗겨버린 상태였네. 풍차는 계속 돌고 있었지만, 맷돌에는 갈 것이 하나도 없었던 거야.

아이들은 눈물을 흘리며 돌아와서 자기들이 본 것을 내게 얘기해주었네. 나는 아이들의 얘기를 들으면서 깊은 슬픔을 느꼈지……. 나는 한시도 지체하지 않고 이웃 사람들에게 달려가 재빨리 그 사실을 털어놓았다네. 그리고 우리는 지금 당장 밀을 가능한 한 많이 모아서 코르니유의 방앗간으로 보내자고 의견을 모았네……. 마을 사람들이 발 벗고 나서서 일사천리로 진행되었고 우리는 진짜 밀을 실은 당나귀들과 함께 줄지어 방앗간에 도착했네.

그런데 방앗간 문이 활짝 열려 있지 뭔가! 그리고 그 앞에 폐기물이 든 포대 위에 코르니유 영감이 앉아서 손에 얼굴을 묻고 흐느끼고 있었네. 그는 조금 전에 돌아와서 자기가 나간 사이에 누군가가 방앗간 안으로 들어왔으며, 이제는 자신의 슬픈 비밀이 더는 비밀이 아니게 되었다는 것을 알아버린 걸세.

"이 초라한 꼴을 봐!"

그는 이렇게 말하고 있었네.

"이젠 죽는 수밖에……. 내 방앗간을 이렇게 욕보이다니."

그리고 그는 자신의 방앗간을 온갖 애칭으로 부르고 마치 방앗간이 진짜 사람인 것처럼 말을 걸면서 가슴이 찢어질 듯 흐느꼈네.

당나귀들이 방앗간에 도착한 것이 바로 그때였네. 우리는 옛날 좋은 시절에 그랬던 것처럼 모두 목청껏 소리를 지르기 시작했네.

"이봐요, 거기 방앗간! 이봐요, 코르니유 씨!"

그러고는 방앗간 문 앞에 포대를 쌓아 올렸네. 황금빛이 도는 갈색 밀알이 땅바닥에 흘러넘쳤지······.

코르니유 영감은 눈을 휘둥그렇게 뜨고 멍하니 바라보고 있었네. 그는 밀알을 한 움큼 움켜쥐고서 반은 웃고 반은 울면서 이렇게 말했네.

"밀이다! 오, 하느님! 진짜 밀이야!"

그리고 우리를 향해 이렇게 말했네.

"아! 자네들이 내게 돌아오리라는 걸 난 잘 알고 있었어! 증기 엔진을 가진 저 제분소 놈들은······. 그놈들은 모두 도둑놈들이야!"

우리는 기쁨에 들떠서 그를 어깨에 태우고 마을까지 가고 싶었네.

"아냐, 아냐, 이보게. 무엇보다도 먼저 난 내 방앗간에게 먹을 걸 좀 줘야겠네······. 생각해 보게! 저놈은 너무나 오랫동안 아무것도 입에 대질 못 했어!"

그 불쌍한 영감이 부산하게 움직이면서 포대를 열고 맷돌에 밀을 갈아서 고운 밀가루들을 천장까지 날려 보내는 동안 맷돌에서 눈을 떼지 않는 것을 보고 우리는 눈물을 글썽거렸네.

 선생도 이것만은 인정해줘야 하네. 그날 이후로 우리는 코르니유 영감의 일감이 떨어지지 않도록 했네. 하지만 어느 날 아침 코르니유 영감이 세상을 떠나고 우리의 마지막 풍차 방앗간도 멈춰버렸네. 이번에는 영원히……. 코르니유가 죽은 다음 그 자리를 물려받은 사람은 아무도 없었네. 달리 어쩔 수 있었겠는가? 이 세상엔 모든 것이 다 끝이 있게 마련이지. 론강을 거슬러 올라가던 거룻배처럼, 옛날식 지방 재판처럼, 꽃을 수놓은 긴 꼬리가 달린 옛날에 입던 코트처럼 풍차 방앗간도 과거의 물건이 되어버렸다는 사실에 익숙해지는 수밖에 없네.

황금 뇌를 가진 남자

- 재미있는 이야기를 부탁한 부인에게

부인, 보내신 편지를 읽으면서 저는 후회했습니다. 제가 들려 드린 짧은 이야기들이 너무 칙칙한 색깔인 것 같아서, 왜 그렇게 썼던가 하고 나 자신을 원망했습니다. 그래서 오늘은 뭔가 명랑한 이야기를 해 드리자고 나 자신과 약속했습니다.

그런데 저는 왜 슬픈 것일까요? 파리의 안개에서 천 리나 멀리 떨어진 곳, 햇빛 쨍쨍한 언덕 위 작은북과 사향 포도주의 고장에 살고 있는데 말이지요. 제가 사는 곳 주위는 온통 햇살과 음악뿐이랍니다. 도요새 교향악단, 박새 악단들이 있죠. 아침이면 도요새가 "꾸룩! 꾸룩!" 울고, 정오엔 매미 소리가, 그다음엔 양치기의 피리 소리와 포도밭에서 꺄르르 웃는 갈색 머리 예쁜 아가씨들 소리가……. 정말이지, 여긴 거무칙칙한 우울감을 곱씹을 만한 장소가 아니랍니다. 오히려 제가 부인께 장밋빛 시와 정중하고도 세련된 단편들을 한 바구니 가득 채워서 보내 드려야겠지요.

그런데 그게 아닙니다! 저는 아직도 파리에서 너무 가까이 있는걸요. 날이면 날마다 파리는 제가 있는 이 솔숲까지 서글픔이 묻어난 흙탕물을 튀겨 보낸답니다. 지금 이 글을 쓰고 있는 시간에도 가엾은 샤를 바르바라의 비참한 죽음을 방금 알게 됐답니다. 그래서 제가 사는 풍차 방앗간은 완전히 초상집 분위기네요. 도요새들아, 매미들아, 잘 가거라! 이제 내 가슴엔 즐거움이 남아 있지 않단다……. 부인, 그래서 당신께 들려 드리기로 마음먹었던 가볍고 예쁜 이야기 대신 오늘도 역시 우울한 이야기만 들려 드리게 되었네요.

옛날에 황금 뇌를 가진 사내가 있었답니다. 그래요, 부인, 뇌가 전부 금으로 되어 있었다니까요. 그가 태어날 때 의사들은 이 아이가 오래 살지 못할 거라고 생각했지요. 그만큼 그의 머리는 무거웠고 두개골은 엄청나게 컸답니다. 하지만 그는 죽지 않고 멋진 한 그루 올리브 나무처럼 햇살 속에 쑥쑥 자라났습니다. 다만 커다란 머리가 언제나 버겁게 그를 따라다녔지요. 그래서 그가 걸어 다니며 온갖 가구에 부딪히는 걸 보면 참 딱했답니다……. 넘어지기도 잘했지요. 어느 날은 계단 맨 꼭대기에서 굴러떨어져 대리석 바닥에 이마를 부딪쳤고, 쇠가 떨어진 것처럼 쾅 하며 큰 소리가 났어요. 다들 그가 죽은 줄 알았죠. 하지만 일으켜 보니 가벼운 상처만 났을 뿐이고 그의 금발 머릿속에는 금 두세 조각이 엉겨 붙어 있더랍니다. 이리하여 그의 부모는 아들이 황금 뇌를 가졌다는 걸 알게 되었지요.

부모는 이 사실을 비밀로 했고 가엾은 아이는 자신에 대해 아무것도 몰랐습니다. 가끔 아이는 왜 길에서 다른 애들과 어울려 문 앞을 뛰어다니면 안 되느냐고 묻곤 했습니다.

"우리 보물 같은 아들아! 사람들이 너한테서 뭘 훔쳐 갈까 봐 그러지!"

부모는 아이의 질문에 이렇게 대답하곤 했지요. 그러자 아이는 진짜로 남들이 뭘 훔쳐 갈까 봐 무척 겁을 먹었습니다. 그는 발길을 돌려 혼자서 소리 없이 놀다가 이 방에서 저 방으로 무겁게 발걸음을 옮기곤 했지요.

열여덟 살이 되어서야 부모는 그에게 운명적으로 타고난 특이점을 알려 주었고, 그때까지 키워 주고 먹여 준 보답으로 뇌에 있는 금을 조금만 달라고 했습니다. 아이는 망설이지 않았어요. 부탁을 받자 냉큼 주었지요. 어떻게? 어떤 방법으로? 그런 건 전설에 들어 있지 않습니다. 그는 두개골에서 황금 한 조각을 호두알만큼 떼어 내어 자랑스럽게 어머니 무릎에 던져 주었습니다······. 그러고는 자기 머릿속에 든 재물에 무척이나 황홀해하며, 욕망에 정신이 나가고 자기 능력에 도취해서 아버지의 집을 떠나 제 보물을 펑펑 쓰며 세상을 돌아다녔지요.

헤아려 보지도 않고 금을 물 쓰듯이 뿌려 가며 왕처럼 살아간 그의 씀씀이로 말하자면, 마치 그 뇌가 화수분처럼 끝이 없는 것 같기만 했습니다……. 하지만 그런 뇌도 차츰 바닥나고 있었고, 눈빛이 점점 흐릿해지는 게 보이면서 그의 얼굴은 점점 말라갔습니다. 미친 듯이 방탕하게 보낸 어느 날 아침, 그 불행한 사람은 밤샘 파티의 흔적들과 창백해지는 샹들리에 불빛 아래 홀로 남아 자기 뇌의 금덩이가 떨어져 나간 빈자리가 엄청나게 커진 것을 보고 덜컥 무서워졌어요. 이제 그만 멈춰야 할 때였던 거죠.

이때부터는 새로운 생활이 시작되었습니다. 황금 뇌를 가진 사내는 먼 곳으로 훌쩍 떠나 자기 손으로 일해 먹고살면서 구두쇠처럼 남을 의심하고 두려워하며 유혹의 손길을 멀리 피하고 자기 자신도 더는 손대기 싫은 이 숙명적인 재물을 잊어버리려 애썼지요……. 불행히도 한 친구가 홀로 살아가는 그의 뒤를 밟았는데 그는 이 사내의 비밀을 알고 있었습니다.

어느 날 밤, 가엾은 이 사내는 머리에 끔찍한 두통을 느끼고 소스라쳐 깨어났어요. 황급히 두 발로 바닥을 딛고 일어서 보니 그 친구가 외투에 뭔가를 감추고 달빛 아래에서 달려가는 모습이 보였습니다…….

아직도 뇌의 일부를 강탈해 가는 자가 있다니……!

그로부터 얼마 안 가 황금 뇌를 지닌 사내는 사랑에 빠졌고 이번에는 모든 게 끝장이었습니다……. 그는 자그마한 금발 여인을 지극히 사랑했고 그 여자도 그를 무척 사랑했지만, 과도한 몸치장, 하얀 깃털 장식, 부츠에 달린 예쁜 금색 계란 모양 장식끈 등 그런 것들을 더 좋아했답니다.

어찌 보면 새 같고 또 어찌 보면 인형 같은 그 귀여운 여인의 손에 황금 조각이 들어갔다 하면 어느새 녹아 없어졌는데, 그것이 그의 낙이었지요. 그녀는 온갖 변덕이랑 변덕은 다 부렸습니다. 그런데 그는 절대 안 된다고 말할 줄 몰랐지요. 심지어 그녀를 힘들게 할까 봐 자기 재산의 슬픈 비밀을 끝까지 감추었습니다.

"우린 정말 부자인 거죠?"

그녀는 물어보곤 했습니다. 그럴 때마다 가엾은 사내는 대답했지요.

"오! 그럼요……. 우린 부자이지요!"

그러면서 순진무구하게 자기의 두개골을 갉아먹고 있는 이 작은 파랑새에게 다정하게 미소 지었답니다. 그렇지만 때때로 두려움이 몰아닥쳤고, 인색하게 굴고 싶을 때도 많았습니다. 하지만 그러면 자그마한 그 여자가 폴짝폴짝 뛰어와서 이렇게 말하는 것이었습니다.

"큰 부자인 내 사랑, 아주 비싼 것을 사 주세요……."

그러면 그는 그녀에게 아주 비싼 뭔가를 사 주었습니다.

이런 일이 2년 동안 계속되었지요. 그러던 어느 날 아침, 조그만 그 여자가 마치 새처럼 알지 못할 이유로 죽었습니다……. 황금은 거의 바닥났고요. 혼자가 된 그 남자는 아직 남은 금으로 사랑하는 고인을 위해 멋진 장례식을 치러 주었습니다. 요란하게 울리는 종들, 온통 검은색으로 뒤덮인 육중한 장례 마차들, 깃털 장식이 달린 말들, 검은 벨벳 천에 달린 눈물 모양의 은장식들……. 아무리 멋지게 해도 그가 보기엔 마음에 들지 않았습니다. 이제 머릿속의 금이 무슨 소용 있을까요? 그는 성당, 짐꾼들, 에델바이스 꽃을 파는 여인들에게 금을 나눠 주었습니다. 여기저기 흥정도 하지 않고 금을 퍼 주었지요. 그래서 묘지에서 나올 때는 그 놀라운 뇌에 거의 아무것도 남지 않았고, 두개골과 뇌 사이에 아주 작은 금 부스러기 몇 개 붙어 있는 것이 고작이었습니다.

그 후 정신 나간 사람 같은 몰골로 두 손을 앞으로 내밀고 술 취한 사람처럼 길거리를 마냥 돌아다니는 모습이 사람들 눈에 띄었습니다. 저녁에 상점가에 불이 켜지면 그는 갖가지 별 모양과 장신구들이 불빛에 반짝이는 널따란 유리 진열장 앞에 걸음을 멈추었는데, 백조 깃털로 가장자리를 두른 파란 비단 구두 한 컬레를 들여다보며 오래오래 서 있었지요.

"이 구두를 사면 아주 좋아할 사람을 아는데……."

그가 미소를 지으며 혼잣말을 했습니다. 그리고 그녀가 죽었다는 걸 벌써 잊고는 그걸 사러 가게에 들어갔습니다. 잠시 후 가게 안에서 주인 여자의 비명이 들려왔습니다. 그녀는 서 있는 남자를 보고 무서워서 뛰쳐나와 뒤로 물러섰습니다. 계산대로 다가온 그가 얼빠진 표정으로 고통스럽게 그녀를 바라보았던 것입니다. 그는 백조 깃털 장식이 달린 파란 구두를 한 손에 쥐고, 온통 피투성이인 다른 손으로는 손톱 끝으로 긁어낸 금 부스러기들을 내보이고 있었습니다.

이 전설은 상상 속에서 지어낸 이야기처럼 보이지만 하나에서 열까지 다 실화입니다……. 세상에는 머리를 쥐어짜며 살아갈 팔자를 타고난 불쌍한 사람들이 있지요. 그들은 인생에서 가장 하찮은 것들을 구하기 위해 자기 골수를 짜내어 멋진 순금으로 값을 치르지요. 그들에게 이건 날마다

이어지는 고통이죠. 그리고 마침내 더 견딜 수 없는 시간이
오게 되면 그들은······.

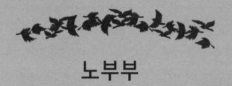

노부부

"아장 영감님, 편지가 왔나 보지요?"

"네, 선생님……. 파리에서 왔네요."

선량한 아장 노인은 파리에서 편지가 온 사실에 우쭐해 있었습니다. 하지만 나는 아니었습니다. 이른 아침 느닷없이 내 탁자 위로 날아든 이 편지, 파리의 장 자크 거리에서 온 이 편지가 어쩐지 나의 하루를 앗아갈 것 같은 예감이 들었던 겁니다. 내 예감은 틀리지 않았습니다. 직접 한번 보시지요.

이보게, 자네에게 부탁이 한 가지 있네. 하루만 방앗간 문을 닫고 곧바로 에기에르에 좀 다녀올 수 없겠나……. 자네 있는 곳에서 30~40리 정도 떨어진 곳에 있는 큰 마을이라네. 산책하러 간다는 기분으로 다녀오게나.

그곳에 도착하면 고아 소녀들의 수도원이 어디냐고 물어보게. 그 수도원 바로 옆에 회색 덧창이 달려 있고 뒤뜰이 있는 낮은 집이 있을 걸세. 문을 두드릴 필요 없이 그냥 들어가면 되네. 문은 항상 열려 있으니까. 안으로 들어가면 큰 소리로 "안녕하세요, 어르신들! 저는 모리스의 친구입니다!" 라고 외치게. 그러면 키 작은 두 명의 노인이 보일 걸세. 아!

그래, 완전히 머리가 하얗게 센 노인 두 분이 안락의자에 파묻힌 채 두 팔을 벌리고 자네를 맞을 걸세. 그러면 나 대신 진심으로 포옹해 드리게나. 마치 자네 친할아버지나 친할머니처럼 말일세.

그런 후 그분들과 이야기를 나누게. 그분들은 내 이야기를, 오로지 내 이야기만을 하실 거야. 오만 가지 우스꽝스러운 이야기를 하시겠지만 웃지 말고 귀를 기울여드리게. 절대로 웃으면 안 돼! 알겠나? 두 분은 나의 조부모님들이고 내게는 인생의 전부인 분들이라네. 그런데 벌써 10년 동안 뵙지 못했어. 10년이라는 긴 세월 동안!

하지만 어쩌겠나. 나는 파리에 붙잡혀 있고 그분들은 너무 연로하셔서……. 나를 보러 오시다가 도중에 탈이 나실 거야. 다행히 자네, 사랑스러운 방앗간 주인인 자네가 그곳에 있지 않은가! 그 가엾은 노인네들이 자네를 안아주면서 조금은 나를 안는다는 기분에 젖으실 수 있을 거야. 내가 자네 이름과 우리의 우정에 대해 자주 말씀을 드렸거든…….

빌어먹을 우정 같은 소리 하고 있네! 그날 날씨는 화창했지만 길을 걷기에는 적당하지 않았습니다. 미스트랄이 너무 세차게 불었고 햇볕이 너무 강하게 내리쬐고 있었지요. 전형적인 프로방스 지방 날씨였습니다. 그 망할 놈의 편지가 왔을 때 나는 이미 바위 사이에 은신처를 찾아 놓은 참이었습니다. 거기서 도마뱀처럼 빛을 쬐고 소나무 노랫소리를 들으며 온종일 빈둥거릴 꿈에 젖어 있었지요. 하지만 뭐 어쩌겠어요? 나는 툴툴대며 풍차 방앗간 문을 닫고 열쇠를 돌려 잠갔지요. 그리고 지팡이, 파이프를 챙겨 길을 떠났습니다.

오후 2시쯤 되어 나는 에기에르에 도착했습니다. 사람들은 모두 밭으로 일하러 나가고 마을에는 인적이 없었습니다. 먼지가 뽀얗게 덮여 있는 마당 안 느릅나무에서 매미들이 요란하게 울고 있었습니다. 마을회관 앞 광장에는 당나귀 한 마리가 햇볕을 쬐고 있었고 비둘기 한 마리가 교회 분수대 위를 날고 있었습니다. 보육원이 어디인지 가르쳐줄 만한 사람은 한 명도 눈에 띄지 않았습니다.

다행히 나이 든 요정 한 명이 눈에 들어왔습니다. 요정 할머니는 자기 집 대문 한구석에 쭈그리고 앉아 실을 잣고 있었습니다. 나는 그 할머니에게 내가 찾고 있는 곳을 물었습니다. 그런데 요정 할머니의 마력이 강했던지 실을 잣고 있던 실타래를 살짝 들어 올렸을 뿐인데 마치 마술처럼 보육원이 있는 수도원이 눈앞에 모습을 드러내는 게 아니겠어요! 검고 음산한 큰 건물이었습니다. 고딕 양식 문 위에는 붉은 사암으로 만든 십자가가 달려 있었는데 마치 십자가 둘레에 새겨진 라틴어를 뽐내고 있는 것 같았습니다. 그 건물 옆에 그보다 훨씬 작은 집이 눈에 띄었습니다. 호박색 덧창과 뒤뜰…… 나는 그 집임을 바로 알아보고 문을 두드리지도 않고 안으로 들어갔습니다.

서늘하고 고요한 긴 복도, 장밋빛 칠을 한 벽, 연하게 칠한 발을 통해 저 안에 어른거리는 정원, 널판마다 놓여 있는 시든 꽃들은 평생 내 눈앞에 아른거릴 그림 같았습니다. 마치 스덴(18세기 프랑스 극작가)이 살았던 시절 어느 나이 든 대법관의 집에 들어온 것 같았습니다. 복도 끝에 절반쯤 열린 왼쪽 문을 통해 똑딱거리는 벽시계 소리와 어린아이가 책을 읽는 소리가 들려왔습니다. 마치 어린 학생이 한 음절 한 음절 또박또박 끊어 읽는 것 같았습니다.

"그러자……. 성자……. 이레네오가……. 외치기를……. 나는……. 주님의……. 밀가루이니……. 내가……. 저……. 짐승들의……. 이빨로……. 갈아져서……."

나는 살그머니 그 문으로 다가가 들여다보았습니다. 조용하고 어슴푸레한 작은 방 안에서 광대뼈가 발그레하고 손

63

끝까지 주름이 잡힌 노인 한 분이 손을 무릎 위에 올려놓은 채 입을 벌리고 안락의자에 깊숙이 묻혀 잠들어 있었습니다. 노인의 발치에서 푸른 옷을 입은 어린 소녀가 보육원 복장인 큰 외투를 입고 작은 모자를 쓴 채 자기 몸보다 더 큰 책을 들고 '성 이레네오의 생애'를 읽고 있었습니다. 이 신비로운 낭송이 온 집안에 기적 같은 효과를 발휘하고 있었습니다.

노인은 안락의자에 앉아서, 파리는 천장에 붙어서, 카나리아는 창가에 놓인 새장 안에서 잠들어 있었습니다. 방 전체에서 깨어 있는 것이라고는 닫힌 덧문 사이로 하얗게 내리비치는 햇살뿐이었습니다. 햇살은 반짝이는 작은 빛들로 가득 차 있었습니다. 모든 것이 졸고 있는 가운데 어린 소녀는 심각한 표정으로 계속해서 책을 읽었습니다.

"그러자……. 사자 두 마리가……. 그에게……. 달려들어……. 그를……. 삼켜버렸으나……."

바로 그 순간 내가 방 안으로 들어선 겁니다. 성 이레네오를 잡아먹은 사자들이 방 안으로 뛰어들었다 해도 나보다 더 놀라게 하지는 못했을 겁니다. 정말 볼만한 광경이었지요! 소녀는 소리를 지르며 큰 책을 떨어뜨렸습니다. 카나리아와 파리들은 잠에서 깨어났고 시계의 괘종이 댕댕 울렸으며 노인도 깜짝 놀라 벌떡 일어났습니다. 나도 당황해서 문턱에 멈춰 선 채 큰 소리로 말했습니다.

"안녕하세요, 여러분! 저는 모리스의 친구입니다."

오, 그 순간 노인의 모습을 여러분이 볼 수 있었다면! 그 불쌍한 노인은 두 팔을 벌리고 내게 다가오더니 나를 껴안은 다음 내 두 손을 부여잡은 채 방안을 이리저리 돌아다니며 계속 "오, 맙소사! 오, 맙소사!"라고 큰 소리로 외쳤습니다.

노인 얼굴의 주름살 하나하나가 온통 웃음 짓고 있었습니다. 그는 붉어진 얼굴로 더듬거리며 말했습니다.

"오! 자네가……! 오, 그래, 자네가……!"

그리고 방 안쪽으로 가며 큰 소리로 외쳤습니다.

"마메트!"

문이 열리더니 복도에서 생쥐가 달려가는 것 같은 발소리가 났습니다. 마메트 할머니였습니다. 리본 매듭이 달린 모자를 쓰고 카르멜 수녀복 같은 옷을 입은 채 구식 예법으로 내게 인사를 하기 위해 수놓은 손수건을 손에 들고 있는 이작은 할머니보다 더 아름다운 모습이 어디 있을까요! 아, 얼마나 가슴이 뭉클했는지! 두 분이 서로 닮았던 것입니다! 할아버지도 머리를 둥글게 말고 리본 달린 모자를 썼다면 마메트 할머니라고 불러도 될 정도였으니까요. 다만 진짜 마메트 할머니는 평생 울 일이 많았는지 할아버지보다 주름이 훨씬 더 많았습니다.

할머니 곁에도 할아버지처럼 보육원 아이가 한 명 있었습니다. 푸른색 순례 복장의 그 작은 호위병은 잠시도 할머니 곁을 떠나지 않았습니다. 두 노인을 두 고아 소녀들이 돌보는 모습은 정말이지 너무나 감동적이었습니다.

마메트 할머니는 안으로 들어서자 내게 정중하게 인사를 하려 했습니다. 그런데 할아버지의 한마디가 그 정중한 인사를 도중에 그만두게 했습니다.

"모리스의 친구래."

그러자 할머니는 몸을 바르르 떨며 울음을 터뜨리더니 손수건을 떨어뜨렸습니다. 할머니의 얼굴이 빨갛게, 아주 빨갛게, 할아버지 얼굴보다 더 빨갛게 상기되었습니다. 오, 불쌍한 노인들이란! 혈관에 피도 얼마 남지 않았을 텐데, 조금만 감동해도 모든 피가 얼굴로 몰리다니!

"자, 어서, 어서, 의자를 가져와라."

할머니가 소녀에게 말했습니다.

"덧창을 열어다오!"

할아버지도 곁의 소녀에게 큰 소리로 말했습니다.

그러더니 두 분이 내 손을 하나씩 잡고 내 얼굴을 좀 더 자세히 보기 위해 활짝 열어 놓은 창문 쪽으로 서둘러 데리고 갔습니다. 소녀들이 안락의자를 가까이 붙여 놓았고 나는 두 분 사이 접이식 의자에 앉았습니다. 소녀들이 우리들 등 뒤에 서자 질문 공세가 시작되었습니다.

"그래, 우리 애는 잘 있어요? 무슨 일을 하고 있지? 그 애는 왜 못 온 거야? 정말 잘 지내고 있어요?"

그러고는 어쩌고저쩌고 비슷한 질문이 몇 시간이고 이어졌습니다.

나는 모든 질문에 성심성의껏 대답했고 내 친구에 대해서 아는 것은 자세하게, 모르는 것은 꾸며서라도 설명해드렸습니다. 모리스의 집 창문은 잘 닫히는지, 방의 벽지는 무슨 색인지 자세히 본 적이 없다고 실토하지 않도록 특히 조심해야 했지요.

"모리스 방의 벽지요……! 푸른색이랍니다. 밝은 색에 꽃무늬가 있지요."

그러면 할머니는 감동해서 말했습니다.

"정말인가?"

그러고는 할아버지를 향해 고개를 돌리며 "참 착한 애지요!"라고 말했고 할아버지도 감격한 표정으로 "암, 착하지,

착해……."라고 대답했습니다.

그리고 내가 말하는 내내 두 분은 고개를 끄덕이기도 했고 살짝살짝 웃음을 짓기도 했으며 눈을 깜빡이기도 했고 잘 알아들었다는 표정을 짓기도 했습니다. 때로는 할아버지가 내게 몸을 바싹 붙이며 "제발 더 큰 소리로 말해줘. 할멈이 가는귀먹어서……."라고 말하기도 했습니다. 그러면 이번에는 할머니가 말했습니다.

"그래, 좀 더 큰 소리로 말해줘요. 저 양반은 잘 듣지를 못해요."

그러면 나는 목소리를 높였고 두 분은 고맙다는 듯 웃음을 지었습니다.

내 쪽으로 몸을 구부정하게 굽히며 내 두 눈 깊숙한 곳에서 모리스의 모습을 찾아보려 애쓰는 두 분의 생기 없는 눈을 바라보면서, 나는 마치 내 친구가 멀리 안갯속에서 나를 향해 미소 짓고 있는 듯, 그 흐릿하고 베일에 싸인 것 같은, 거의 포착하기 어려운 이미지를 다시 찾은 듯 가슴이 뭉클해졌습니다.

갑자기 할아버지가 안락의자에서 일어나며 말했습니다.

"이런 정신 좀 보게. 할멈, 아직 점심을 안 했을 텐데!"

그러자 할머니가 깜짝 놀라 팔을 들었습니다.

"어머, 점심을……! 원, 세상에!"

나는 이 이야기도 모리스에 관해 이야기하는 줄 알고 그 착한 손자는 12시 넘어서 점심을 드는 일은 절대 없다고 대답하려 했습니다. 하지만 아니었습니다. 두 분은 내 이야기를 한 것이었습니다. 사실 아직 아무것도 먹은 게 없다고 내가 대답하자 어찌나 난리가 났던지!

"얘들아! 얼른 상을 차려! 방 한가운데 식탁을 놓고 일요일에 쓰는 냅킨과 꽃무늬 접시를 가져와. 그렇게 웃지만 말고 어서 서둘러……."

정말로 소녀들은 서두른 것 같았습니다. 세 개의 접시를 깨뜨리는 사이 점심상이 차려졌습니다.

"부족하지만 많이 드세요!"

할머니가 나를 식탁으로 안내하며 말했습니다.

"혼자 먹게 해서 어쩌지……. 우리는 아까 아침에 벌써 먹었다오."

불쌍한 노인들! 시간이 몇 시가 되었던 늘 아까 아침에 먹었다고 한다니까요.

할머니가 부족하다고 한 식사는 약간의 우유와 대추와 바

69

게트, 에쇼데 과자 비슷한 것 하나뿐이었습니다. 하지만 할머니와 카나리아에게는 최소한 1주일 치 식량이었지요. 그런데 나 혼자서 이 모든 식량을 다 먹어 치우다니……. 그러니 식탁 주변에 있는 존재들이 얼마나 분개했겠어요! 푸른 옷을 입은 소녀들이 팔꿈치를 쿡쿡 찌르면서 쑥덕거리는가 하면 카나리아들은 "맙소사, 저 양반이 바게트를 다 먹어 치우네!"라고 말하는 것 같았습니다.

정말로 나는 그 음식들을 다 먹어 치웠습니다. 옛날 물건들의 향기가 떠다니는 이 밝고 평온한 방에서 주위를 두리번거리느라 나도 모르는 사이 다 먹어 치운 거지요……. 특히 두 개의 작은 침대에서는 눈길을 뗄 수 없었습니다. 차라리 요람이라고 부르는 게 어울릴 정도로 작은 두 개의 침대를 보고 나는 아침 동틀 무렵 장식 달린 커다란 커튼 아래 파묻혀 있는 두 노인의 모습을 그려보았습니다. 시계가 3시를 울립니다. 두 노인이 잠에서 깨어날 시간이지요.

"할멈, 아직 자고 있나?"

"아뇨."

"모리스는 정말 착한 아이지?"

"그럼요, 착하다마다요."

나는 나란히 놓여 있는 두 개의 작은 침대를 보는 것만으로도 그렇게 두 노인이 주고받는 이야기를 상상해낼 수 있었습니다.

그동안 방 반대쪽 찬장 앞에서 끔찍한 드라마가 벌어지고 있었습니다. 찬장 맨 위 칸에서 모리스를 10년 동안 기다리고 있던 체리주 술병을 나를 위해 개봉하려고 끄집어 내리는 일이 벌어지고 있었던 겁니다. 마메트 할머니가 제발 그런 위험한 짓 하지 말라고 빌다시피 했는데도 할아버지는 손수 술병을 내리겠다는 고집을 꺾지 않았습니다. 할아버지는 무서워서 벌벌 떠는 할머니 앞에서 의자에 올라선 채 그 높은 곳에 손을 뻗치려 애를 썼습니다. 그 광경을 마치 그림처럼 한번 떠올려보세요.

떨리는 몸을 꼿꼿이 세운 할아버지. 할아버지가 올라 있는 의자를 꽉 붙잡고 있는 푸른 옷의 소녀들. 할아버지 뒤에서 두 팔을 앞으로 내민 채 가쁜 숨을 쉬고 있는 할머니. 그 광경 위쪽으로 냅킨이 켜켜이 쌓여 있는 천장. 열린 찬장 문을 통해 흘러나오는 향긋한 베르가모트 차 향기! 정말 매혹적인 광경이었지요.

마침내 천신만고 끝에 할아버지는 찬장에서 그 유서 깊은 술병을 내리는 데 성공하고 무늬가 새겨진 작은 은잔도 꺼내는 데 성공했습니다. 모리스가 어릴 때 쓰던 잔이었습니다. 할아버지는 체리주를 한 잔 가득 따라주었습니다. 모리스가 그토록 좋아하던 그 체리주를! 할아버지는 술을 따라주면서 내 귀에 대고 입맛을 다시며 속삭였습니다.

"자네는 행운아야! 이걸 맛볼 수 있다니……! 할멈이 직접 담근 술이라오. 맛이 아주 괜찮을 거야."

이런! 할머니가 직접 담근 건 맞지만, 할머니는 그만 설탕을 넣는 걸 깜빡했지 뭡니까? 어찌겠어요? 나이를 먹으면 정신이 없어지는 법이니까요. 가엾은 마메트 할머니……. 할머니가 담근 술은 끔찍했어요. 하지만 나는 눈썹 하나 찡그리지 않고 단숨에 몽땅 들이켰습니다.

식사가 끝나자 나는 작별 인사를 하려고 자리에서 일어났습니다. 할아버지와 할머니는 착한 손자 이야기를 더 하려고 나를 좀 더 붙잡아두고 싶었겠지만 해가 이미 기울기 시작했고 풍차 방앗간은 멀어서 출발해야만 했습니다.

할아버지도 나를 따라 자리에서 일어났습니다.

"할멈, 내 옷 좀 줘요. 광장까지 배웅해야겠어."

내심 할머니는 나를 광장까지 바래다주기에는 날이 이미 추워졌다고 생각했지만 그런 내색은 조금도 하지 않았습니다. 다만 진줏빛 단추가 달린 스페인 담배 색깔의 멋진 외투 옷소매에 팔을 집어넣는 할아버지를 도우면서 사랑스러운 할머니는 조용히 속삭였습니다.

"너무 늦게 오지 않을 거지요?"

그러자 할아버지가 조금 장난기 어린 표정으로 말했습니다.

"음, 알 수 있나……? 어쩌면…….."

그러면서 두 분은 서로를 바라보며 웃었습니다. 푸른 옷의 소녀들은 두 분이 웃는 모습을 보며 웃었고 새장 속의 카라니아들도 그들 나름대로 웃었습니다. 우리끼리 말이지만 새들도 체리주 냄새에 약간 취했던 것 같습니다.

할아버지와 내가 밖으로 나가니 어느새 밤이었습니다. 푸른 옷의 소녀 한 명이 할아버지를 모셔가려고 멀리서 따라오고 있었습니다. 하지만 할아버지는 소녀를 보지 못했습니다. 할아버지는 내 팔짱을 끼고 사내다운 걸음걸이로 의기양양하게 걸으셨습니다. 마메트 할머니는 문 앞에서 환한 얼굴로 그 모습을 보고 있었습니다. 우리가 걸어가는 모습을 바라보며 예쁘게 머리를 끄덕이는 모습이 마치 이렇게 말하고 있는 것 같았습니다.

"우리 영감님……. 아직 저렇게 정정하시다니!"

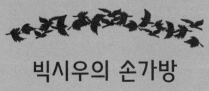

빅시우의 손가방

10월 어느 날 아침, 파리를 떠나기 며칠 전에 아침 식사를 하고 있을 때 활처럼 허리가 굽은 지저분한 노인 한 사람이 내 방으로 들어왔습니다. 그는 낡은 옷을 입고 긴 다리로 서서 깃털을 뜯긴 황새처럼 벌벌 떨고 있었습니다. 그는 빅시우였습니다. 그렇습니다. 파리에 있는 나의 친구들이여, 15년 동안 상스러운 소책자들과 캐리커처로 여러분에게 그토록 커다란 기쁨을 안겨주던 그 난폭한 조롱자, 그 거칠고 매력적인 여러분의 빅시우였습니다…….

아, 그 불쌍한 친구를 보며 얼마나 가슴이 아팠는지! 그가 방으로 들어오면서 삐딱한 표정을 짓지 않았더라면, 나는 그를 알아보지 못했을 겁니다.

우울한 풍자가 중에 가장 유명한 이 노인은 머리를 어깨 쪽으로 기울이고 지팡이를 마치 클라리넷 불 듯 치켜올린 모습으로 방 한가운데로 들어와 식탁에 옆구리를 기대고 서글픈 목소리로 말했습니다.

"이 가엾은 장님을 불쌍히 여겨 주시게!"

그의 장님 흉내가 너무 그럴듯했기 때문에 나는 웃음을 터트리지 않을 수 없었습니다. 하지만 그는 정색하며 말했습니다.

"내가 농담하고 있다고 생각하는군……. 내 눈을 보게."

그리고 그는 두 개의 커다란 하얀색 눈동자를 나에게 돌렸습니다. 그 눈은 아무것도 보지 못했습니다.

"나는 장님이네, 친애하는 친구여. 평생 장님으로 지내야 하지. 신랄한 글을 쓰다 보니 이렇게 되었네. 잘난 직업 덕택에 난 이렇게 두 눈을 태워 버리고 말았지. 이렇게 다 타 버렸네. 완전히……."

그는 하얗게 타버린 눈꺼풀을 내게 보여주며 말했습니다. 그의 눈꺼풀에는 속눈썹 하나 남아 있지 않았습니다.

나는 너무 충격을 받아서 무슨 말을 해야 할지 생각이 나지 않았습니다. 그런데 나의 침묵이 그를 불안하게 했나 봅니다.

"지금 일하는 중인가?"

"아닐세, 빅시우. 아침을 먹고 있었어. 같이 하겠나?"

그는 대답하지 않았습니다. 하지만 그의 코끝이 가늘게 떨리고 있는 것으로 보아, 그가 같이 먹겠다고 말하고 싶어 죽을 지경이라는 걸 알 수 있었습니다. 나는 그의 손을 잡아 내 옆에 앉혔습니다.

식사가 차려지는 동안, 그 불쌍한 친구는 코를 킁킁대고 음식 냄새를 맡으며 짧게 웃었습니다.

"냄새가 좋군, 정말이야. 아주 맛있게 먹겠네. 한동안 아침을 챙겨 먹지 않았거든! 아침마다 정부 부처를 쫓아다니며 싸구려 빵 한 조각을 얻어먹는 게 전부였어……. 요즘 나는 정부 부처를 돌아다니는 게 유일한 소일거리라네. 담배 가게라도 하나 얻어보려고 애쓰는 중이야……. 내 사정이 어떤지 자네도 알지 않는가! 밥은 먹고살아야지. 난 더는 그림을 그릴 수 없어. 글도 쓸 수 없고……. 구술로 하면 된다고? 뭘 읽어 주겠나? 머릿속에 아무것도 들어 있지 않은데…….

내 머리에는 상상력이 없어. 내가 잘하는 건 사람들을 관찰하고 그 사람들의 얼굴에 나타나는 표정을 지켜본 다음 그것을 스케치하는 걸세. 그런데 지금 상황에서는 불가능하지. 그래서 담배 가게를 열 생각을 했지. 물론 큰 길가에 열 생각은 아니네. 나는 발레 무용수의 어머니도 아니고, 고급 장교의 미망인도 아니니 나한테까지 그런 좋은 자리가 오진 않겠지. 그냥 저 멀리 보쥬 지방의 구석에 작은 가게 하나 얻었으면 한다네. 난 가게에 최고급 도자기 파이프를 갖춰 놓을 걸세. 또 내 이름을 한스나 제베데로 바꾸겠네. 그리고 내 동료들이 글을 쓴 종이로 담배나 말면서 더는 글을 쓸 수 없는 내 처지나 위로해야지.

내가 원하는 건 이게 다 일세. 별것 아니지. 하지만 이조차도 만만치가 않군……. 그래도 분명 나를 도와줄 사람이 있을 걸세. 난 장군, 영주, 장관들하고 식사를 함께하곤 했지. 그 사람들은 내가 즐거움을 주었기 때문에, 또는 내가 무서웠기 때문에 나를 초대했던 거야. 하지만 이제 누구도 나를 두려워하게 만들 수 없네. 내 눈! 내 불쌍한 눈! 이제 누구도 나를 초대하지 않네. 저녁 식탁에 장님이 앉아 있으면 정말 우울하지. 돼지 같은 녀석들! 그 녀석들은 별것도 아닌 담배 가게 하나 가지고 어찌나 비싸게 구는지! 벌써 육 개월 동안이나 서류를 들고 관청들을 뛰어다니고 있다네. 아침나절 사람들이 냄비를 데우고 운동장 모래밭에서 장관님이 타는 말을 운동시킬 무렵이면 도착해서 해가 저물어야 집에 돌아가지. 사람들이 커다란 램프를 켜기 시작하고 부엌에서는 맛있는 냄새가 풍길 무렵에 말이야…….

 이렇게 대기실 나무 의자에 앉아 허송세월하고 있는 거지. 이제 수위들도 나를 알아본다네! 내무부에서는 나를 "재미있는 양반!" 하고 부르지. 그들에게 도움이라도 받을까 해서 재미난 이야기를 해 주거나 종이 한 귀퉁이에 쓱쓱 수염을 그려서 그들을 웃겨 주거든……. 이십 년 동안 거침없던 사람이 이 꼴이 되고 말았다네. 예술가의 인생은 결국 이렇게 끝나게 돼 있어! 그런데도 이런 직업을 가지고 싶어 안달

하는 이들이 프랑스에만 사만 명이 될 거야! 매일 지방에서 올라오는 기차에는 문학가가 되어 명성을 누리는 꿈을 꾸는 바보들이 타고 있다고 하네! 아, 낭만적인 시골 사람들이여, 빅시우의 비참한 모습을 보고 교훈을 얻었으면!"

이 말과 함께 그는 접시에 코를 박고 말없이 허겁지겁 음식을 먹기 시작했습니다. 그가 식사하는 모습은 정말 너무나 안쓰러웠습니다. 그는 빵이나 포크를 수시로 놓치고 컵을 찾으려고 식탁을 더듬거리곤 했습니다. 불쌍한 친구! 그는 아직도 앞이 보이지 않는 것에 익숙하지 못한 겁니다.

얼마 있다가 그가 다시 입을 열었습니다.

"나한테 그보다 훨씬 더 끔찍한 게 뭔지 아나? 신문을 읽을 수 없다는 거야. 우리 같은 직업을 가진 사람이 아니면 그걸 이해할 수 없을 거야……. 가끔 저녁에 집에 가면서 신문을 한 장 산다네. 오로지 그 축축한 종이와 신선한 잉크 냄새를 맡아보기 위해서지. 그 냄새가 얼마나 좋은지! 그런데 그 신문을 읽어줄 사람이 아무도 없네! 물론 내 아내가 읽어 줄 수 있지만, 아내는 읽어주려고 하질 않네. 신문에 실린 갖가지 사건들이 너무 끔찍하다나 어쨌다나……. 아! 예전엔 말괄량이였던 여자들이 결혼만 하면 더없는 요조숙녀가 된다니까. 빅시우 부인이라 불리게 된 이상 독실한 신앙인이 되어야겠다고 생각한 모양이야. 그것도 아주 독실한! 심지어 나더러 살레트(성모 마리아가 나타나 기적을 행했다고 전해지는 프랑스의 성지)에서 가져온 물로 내 눈을 씻으라고까지 한다네! 그다음에는 빵을 교회에 바치고, 중국 어린이들을 위한 기부금에, 이루 다 헤아릴 수도 없을 정도야! 내게 신문을 읽어 주는 것도 자선 활동인데 말이야. 하지만 그런 건 안중에도 없지. 딸아이라도 집에 있었더라면 신문을 읽어 줬을 텐데. 하지만 내 눈이 멀고 나서 입 하나라도 덜기 위해 딸아이를 노트르담 미술 학교에 보내 버렸지……

아직 그 아이는 내게 유일한 희망이야! 아홉 살도 채 되기 전에 온갖 병이란 병은 다 앓았지. 게다가 침울한 성격에 못생기기까지 했다네! 어떻게 된 게 나보다도 더 못생겼어. 괴물처럼! 하지만 어쩌겠나! 내가 다 짊어지고 가야지……. 어쨌든 집안일을 다 이야기하니 마음이 조금 풀리는군. 자네하곤 상관없는 일인데……. 이봐, 브랜디나 한잔 주게나. 이제 슬슬 일하러 가 봐야지. 여기서 나가면 교육부로 갈 거야. 거기 수위들은 비위 맞추기가 힘들다네. 모두 과거 교사 출신이거든."

나는 그에게 브랜디를 따라 주었습니다. 그는 침울한 표정으로 홀짝홀짝 술을 들이마셨습니다……. 그런데 갑자기 무슨 생각이 들었는지 손에 술잔을 든 채 일어나 눈먼 독사처럼 주위를 둘러보더니 이백 명의 하객이 모인 연회장에서 연설이라도 하듯 입가에 환한 미소를 지으며 귀청이 찢어지게 외쳤습니다.

"예술을 위하여! 문학을 위하여! 언론을 위하여!"

그리고 십 분가량이나 연설이 이어졌습니다. 익살꾼의 머리에서 나온 엉뚱하고 놀라운 즉석 공연이었습니다.

'186X 년 올해의 문학 모음'이라는 제목의 연말 잡지를 상상해 보십시오. 소위 우리의 문단이라는 것, 우리의 잡설들, 우리의 논쟁들, 광대들이 벌이는 괴상한 짓거리들, 먹물들의 시답잖은 짓거리들……. 거기서 서로의 목을 조르며 치고받고, 남의 것을 베끼고, 장사꾼들처럼 이윤과 일확천금을 꿈꾸는……. 그렇다고 남들보다 목구멍에 풀칠하기 수월하지도 않은 그곳을. 우리들은 얼마나 비겁하고 비참한지……. 늙은 통블라의 T 남작은 동냥 그릇에 포주의 옷을 걸치고 '구시렁구시렁' 틸르리 공원을 지나고……. "작고한 고인께서는! 가엾은 고인께서는……." 하고 일 년 내내 똑같은 부고와 장례식 공고와 의원님의 추모사가 이어지지만, 무덤을 위해 누구도 돈 한 푼 내지 않는……. 누구는 자살

하고 누구는 미쳐 버리는⋯⋯. 이 모든 것을 어떤 천재적인 이야기꾼이 몸짓까지 섞어 가며 상세히 이야기한다고 생각해 보십시오. 이 정도면 여러분도 빅시우의 즉흥 연설이 어떤 것이었는지 짐작하실 겁니다.

건배가 끝나고 잔이 다 빌 즈음 그는 내게 시간을 물어보고는 작별 인사도 없이 화가 난 듯 떠나 버렸습니다⋯⋯. 오늘 아침 뒤뤼 장관의 수위들이 그의 방문을 어떻게 생각했을지 모르겠습니다. 하지만 내 일생에 이 고약한 늙은이가 떠난 뒤처럼 슬프고 가슴 아픈 적은 없었습니다. 내 앞에 잉크병과 펜이 끔찍하고 역겹게 느껴지기까지 했습니다. 어디 먼 곳으로 나가 나무도 바라보고 좋은 공기도 맡고 싶었습니다⋯⋯. 하늘이 얼마나 증오스럽고 원망스러웠을까요! 누구에게 욕이라도 하고 침이라도 뱉고 싶었을 겁니다! 오! 불쌍한 빅시우⋯⋯.

그가 딸 이야기를 할 때의 혐오와 냉소로 가득 찬 목소리가 귓가에 울리는 듯해서 분노를 삭이며 방을 서성여야 했습니다.

그런데 문득 그가 앉았던 의자 옆에서 뭔가 발에 툭 차이는 것이 느껴졌습니다. 몸을 숙여서 보니 그의 손가방이었습니다. 반짝이는 두툼한 손가방, 귀퉁이는 찢어진, 그가 늘 떼어 놓지 않고 지니고 다니면서 '독설 가방'이라 부르며 웃던 손가방이었습니다. 우리 세계에서는 지라르댕* 씨의 서류철만큼이나 유명했습니다. 사람들은 그 가방 안에 뭔가 무시무시한 게 들어 있을 거라 말하곤 했습니다. 그걸 한번 확인해 볼 좋은 기회였습니다. 그런데 그만 낡은 가방에 잔뜩 들어 있던 것들이 우르르 쏟아지고 말았습니다. 그와 함께 안에 있던 종이들이 양탄자 위로 흩어졌고 나는 그걸 하나하나 주워야만 했습니다······.

그중에서 꽃무늬 편지지에 쓴 편지 묶음 하나를 발견했습니다. 편지는 모두 '사랑하는 아빠께'로 시작되었고, '마리의 딸, 셀린 빅시우'라는 서명이 들어 있었습니다.

오래된 소아과 진단서들도 있었습니다. 후두염, 경련, 홍역······. (불쌍한 그 아이는 이 병들을 빠짐없이 앓았던 모양입니다!)

거기에는 봉인된 커다란 봉투도 하나 있었습니다. 봉투 밖으로 마치 어린 소녀의 모자 밖으로 삐져나온 것처럼 곱슬곱슬한 금발 머리칼 몇 가닥이 보였습니다. 그리고 봉투 겉봉에는 눈먼 이의 떨리는 필체로 이렇게 쓰여 있었습니다.

'셀린의 머리카락. 5월 13일, 아이가 저세상으로 간 날에 자름.'

이상이 빅시우의 가방에 있던 것들입니다.

파리 시민 여러분! 여러분도 다르지 않습니다. 혐오와 모순, 비웃음, 신랄한 농담……. 그리고 끝인 거지요……. '5월 13일에 자른 셀린의 머리카락'처럼.

*에밀 드 지라르댕(1806~1881) : 프랑스의 신문경영자자 정치가. 그의 '유명한 가방'에는 요주의 인물을 다룬 신문 기사나 재판 진행 보고서, 서류, 편지 등이 가득 차 있었다고 한다.

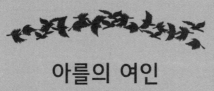

아를의 여인

내가 사는 풍차 방앗간에서 내려가 마을로 가려면, 팽나무가 늘어선 커다란 뜰이 끝나는 큰길 옆에 자리 잡은 농가 앞을 지나게 됩니다. 붉은 기와 지붕에, 널찍한 갈색의 건물 옆면에는 불규칙하게 창문들이 나 있는 전형적인 프로방스 지방의 농가입니다. 꼭대기의 지붕 밑 방에는 바람개비와 건초 더미들을 끌어 올리는 도르래가 달려 있고, 건초 더미에서 갈색 건초 다발 몇 단이 삐져나와 있는 것이 보이지요 …….

어째서 이 집이 유달리 나를 사로잡은 걸까요? 그 집의 닫힌 대문을 보고 왜 내 가슴이 죄어들었을까요? 누가 물었다 해도 난 그 이유를 말할 수 없었을 텐데, 아무튼 그 집만 보면 등골이 서늘했습니다. 집 주위가 너무도 고요했거든요. 누가 지나가도 개 한 마리 짖지 않았고, 뿔닭들은 소리 없이 달아났습니다. 집 안에서는 찍소리 하나 나지 않았습니다! 아무 소리도, 심지어 노새 방울 소리 하나 들리지 않았지요. 창문에 드리워진 하얀 커튼과 지붕 위로 피어오르는 연기만 아니었다면 다들 사람이 살지 않는 집인 줄로만 알았을 겁니다.

어제 정오를 알리는 종이 울릴 때 나는 마을에서 돌아오는 길이었고, 땡볕을 피하려고 그 농가의 담을 끼고 팽나무 그늘을 따라 걷고 있었습니다……. 농가 앞에서는 하인들이 묵묵히 건초를 짐수레에 싣는 작업을 마무리하고 있어서 대문은 열려 있었습니다. 나는 지나가면서 거기를 한번 쳐다보았고, 뜰 안 저쪽 끝으로 널따란 돌 식탁에 팔을 괸 채 머리를 양손으로 싸쥐고 있는 키 큰 백발노인이 보였습니다. 그는 지나치게 짧은 윗도리에 너덜너덜 다 떨어진 바지를 입고 있었습니다. 하인 한 사람이 내게 나지막이 말했습니다.

"쉿! 주인어른입니다. 아드님이 불행한 일을 당한 뒤로 저러고 계시지요."

이 순간 검은 옷을 입은 한 여인과 어린 남자아이가 금박을 입힌 두꺼운 기도서를 들고 우리 옆을 지나 집으로 들어가더군요.

하인이 덧붙여 말했습니다.

"주인마님과 작은 도련님이 미사에 갔다 돌아오셨네요. 큰 아드님께서 목숨을 끊은 뒤로 날마다 저렇게 미사에 가시지요……. 아! 얼마나 애통한지 모르겠어요! 아버님은 아직도 먼저 간 아드님의 옷을 입고 있는 거예요. 아무리 벗으라 해도 벗질 않으시네요. 이랴! 가자 이놈의 말!"

건초를 실은 짐수레가 흔들리더니 출발했습니다. 나는 좀 더 자세히 알고 싶어서 짐수레를 모는 하인에게 옆자리에 태워 달라 했고, 그렇게 건초 더미 틈에서 이 슬픈 이야기의 전말을 알게 되었습니다.

 그의 이름은 장이었답니다. 이제 스무 살인 잘생긴 농촌 젊은이인 장은 아가씨처럼 얌전했고 건장한 체구에 얼굴이 밝았지요. 워낙 잘생겨서 여자들이 그를 유심히 쳐다보곤 했답니다. 하지만 그의 머릿속엔 오직 한 여자밖에 없었으니, 아를 성벽 아래 장터 길에서 우연히 한 번 마주친, 벨벳 옷과 레이스로 치장한 자그마한 아를 여인이었습니다. 그의 집에서는 처음부터 이 관계를 마땅찮게 여겼답니다. 그 아가씨는 바람기 많다고 소문이 파다했고, 그 부모도 이곳 사람이 아니었거든요. 그러나 장은 죽기 살기로 그 아를 여인을 원했답니다.
"그 여자와 맺어질 수 없다면 난 죽어버릴 거야."라고 말하곤 했대요.
 그 고집이 통했습니다. 추수가 끝나면 둘이 결혼하는 것으로 정해졌지요.
 그러던 어느 일요일 저녁, 농가 뜰에서 가족들이 막 저녁

90

식사를 마칠 무렵이었어요. 저녁 식사는 거의 결혼 피로연 같은 분위기였답니다. 예비 신부는 그 자리에 없었지만, 사람들은 줄곧 그녀를 위해 축배를 들며 술을 마셨습니다. 그런데 웬 남자가 나타나더니 떨리는 목소리로 집주인 에스테브 씨와 따로 얘기 좀 하고 싶다고 청하더랍니다. 에스테브 영감은 자리에서 일어나서 나갔죠.

찾아온 남자가 말했답니다.

"영감님, 지금 아드님을 부정한 여자와 결혼시키려 하고 계십니다. 그 여자는 2년 동안 저와 내연 관계였습니다. 제가 주장하는 내용을 증명하죠. 여기 편지 좀 보십시오! 그녀의 부모님이 모든 사실을 알게 되어 딸과 결혼하라고 저에게 약속했던 편지입니다. 하지만 댁의 아드님이 그녀와 결혼하고 싶다고 한 다음부터는 그 부모도 당사자도 저를 더는 거들떠보지 않더군요……. 그래도 저는 이렇게 살던 여자가 다른 사람의 아내가 될 수는 없다고 봅니다."

에스테브 영감이 편지를 보고 이렇게 말했대요.

"좋아요! 안에 들어와 포도주나 한잔하세요."

"고맙습니다! 하지만 저는 지금 갈증보다는 슬픔이 커서, 됐습니다."

하지만 남자는 이렇게 대답하고 가 버렸답니다.

영감은 아무렇지도 않은 듯 집으로 다시 들어가 자리에 앉았고 식사는 기분 좋게 끝났습니다……

그날 저녁, 에스테브 영감과 아들이 함께 들판으로 나갔지요. 둘이서 한참 밖에 있다가 집으로 들어오니 어머니가 그때까지 잠도 안 자고 기다리고 있었다네요. 영감이 아들을 아내에게 밀며 말했답니다.

"여보, 얘 좀 안아 줘요! 가엾은 녀석……."

장은 아를 여인에 대해 더는 입에 올리지 않았습니다. 하지만 여전히 그녀를 사랑했고, 심지어 다른 사람 품에 안겼던 여자라는 것이 드러난 뒤로 그 어느 때보다 더욱더 사랑했답니다. 다만 자존심이 너무 강해 뭐라고 말을 못 했던 거죠. 그래서 죽음에 이르게 된 것이고요. 가엾은 청년……!

가끔 그는 온종일 방구석에서 꼼짝하지 않는 적도 있었답니다. 또 어떤 날은 밭일에 미친 듯 달라붙어서 일꾼 열 사람 몫을 혼자 다 해치우기도 했습니다. 저녁이 되면 그는 아를로 가는 큰길을 터벅터벅 걸어서 해 질 무렵 아를시의 뾰족한 종탑이 보일 때까지 가곤 했대요. 그 종탑이 보이면 가던 길을 돌아서 오곤 했답니다. 그 이상 더 가는 일은 결코 없었죠.

이렇게 늘 서글프게 외톨이로 지내는 그를 보고 농가의 사람들은 어찌할 바를 몰랐습니다. 무슨 불상사가 나지나 않을지 다들 우려했지요. 한 번은 식사하다가 아들의 눈에 눈물이 그렁그렁 맺힌 것을 보고 어머니가 말했습니다.

"아! 그럼 쟝, 그래도 그 애가 좋다면 우린 이 결혼 허락하마……"

아버지는 창피한 마음에 얼굴이 벌게져서 고개를 숙였답니다. 쟝은 아니라는 몸짓을 하더니 밖으로 나가 버렸습니다.

그날부터 그는 생활 방식을 싹 바꿔 항상 명랑한 척하며 부모를 안심시켰죠. 무도회장이나 파티에 참석하기도 하고 가축에 낙인을 찍는 행사에 모습을 드러내기도 했습니다. 퐁비에유의 수호성인 축제에서 파랑돌 춤을 이끈 사람도 바로 쟝이었답니다.

아버지는 말하곤 했죠. "저 애는 이제 다 나았어." 하지만 어머니는 항상 걱정이었고, 자식을 그 어느 때보다 더 세심하게 지켰답니다. 쟝은 동생과 함께 누에를 치는 방 바로 옆에서 잠을 잤고, 가여운 어머니는 아들이 자는 옆방에 침대를 갖다 놓게 했습니다. 밤중에 누에를 보살필 일이 생길 수도 있다는 핑계를 대고요⋯⋯.

 그러던 중 농부들의 수호성인인 성 엘루아의 축일이 돌아
왔습니다.

 농장은 축제 분위기였습니다. 샴페인은 모두 먹고도 남을
만큼 넉넉했고 고급 포도주도 소낙비처럼 넘쳐났습니다. 폭
죽이 터지는 가운데 마당에서는 모닥불이 타올랐고, 팽나
무에는 형형색색의 등이 걸렸습니다. 성 엘루아 만세! 사람
들은 지쳐 쓰러질 때까지 파랑돌 춤을 추었습니다. 그 바람
에 농장 주인의 작은아들은 새로 산 옷을 불에 태워 먹기
도 했습니다. 장 또한 기분이 좋아 보였습니다. 그는 어머니
에게도 함께 춤을 추자고 했고, 그의 가련한 어머니는 행복
감에 눈물을 흘리기도 했습니다.

 자정이 되어서야 사람들은 잠자리에 들었습니다. 모두 지
쳐 잠들었지만, 장은 잠들지 않았습니다. 작은아들 말에 따
르면 그날 밤 장은 밤새 흐느꼈다고 합니다. 오! 장은 여전
히 그 여자에게 빠져 있었던 겁니다.

 다음 날 새벽, 어머니는 누군가 자기 방 앞으로 뛰어가는
소리를 들었습니다. 그리고 곧 이상한 예감이 들었습니다.

 "장, 너니?"

 장은 대답하지 않았습니다. 그는 이미 계단을 올라가고 있

었습니다.

어머니는 허둥지둥 일어났습니다.

"쟝, 어디 가는 거니?"

그는 헛간으로 올라가고 있었습니다. 어머니는 서둘러 그를 뒤 따라갔습니다.

"얘야, 아들아."

쟝은 문을 닫고 자물쇠를 잠갔습니다.

"쟝! 대답 좀 하렴. 지금 뭐 하는 거니?"

어머니가 떨리는 손으로 더듬어 자물쇠 구멍을 찾았습니다
……. 창문 하나가 열려 있었고……. 마당의 타일 위로 사람이 떨어지는 소리가 들렸고……. 그것으로 끝이었습니다.

가엾은 청년은 이렇게 중얼거렸답니다.

"그녀를 정말 사랑해. 멀리 떠날 거야."

아! 우리 사람의 마음이란 얼마나 연약한 건지! 경멸로는 사랑의 감정을 억누를 수 없었나 봅니다.

아침이 되자 에스테브의 농장에서 들린 비명이 궁금했던 마을 사람들이 몰려들었습니다.

농장 마당에는 이슬과 피로 뒤덮인 돌 탁자 앞에서 옷도 제대로 챙겨 입지 못한 어머니가 죽은 아들을 품에 안고 울고 있었습니다.

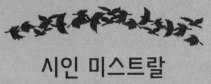

시인 미스트랄

지난 일요일 잠에서 깼을 때는 마치 파리의 포부르 몽마르트르에서 눈을 뜬 것 같았습니다. 밖에는 비가 내리고 있었고 하늘은 온통 회색빛으로 물들어 풍차 방앗간에는 우울한 분위기가 감돌았습니다. 비 오는 날의 추운 하루를 집에서 보내기가 싫어서 나는 갑자기 프레데릭 미스트랄을 찾아가고 싶어졌습니다. 그의 곁에서 조금이라도 몸을 녹이고 싶은 생각이 간절했던 겁니다. 미스트랄은 내가 사는 소나무 숲에서 십 킬로미터 떨어진 마얀이라는 마을에서 사는 위대한 시인입니다.

생각이 떠오르자마자 나는 곧 실행에 옮겼습니다. 도금양 나무로 만든 지팡이와 몽테뉴 한 권 그리고 담요 한 장을 들고 떠났습니다! 들판에는 인적이라고는 찾아볼 수 없었습니다……. 가톨릭을 믿는 우리 아름다운 프로방스에서는 일요일이면 저렇게 땅들마저 휴식하도록 내버려 둔답니다. 농장 문들은 굳게 닫혔고 집에는 개들만 남아 있었습니다. 저 멀리, 젖은 덮개를 씌운 짐마차와 갈색 외투에 두건을 쓴 노파 그리고 화려한 차림의 노새들이 보였습니다. 청색과 백색의 에스파르토 안장 덮개를 하고 붉은 방울 술과 은색 방울을 단 노새들이 미사를 보러 가는 농장 사람들을 태운 이륜마차를 끌고 발길을 재촉하고 있었습니다. 저 아래쪽 안개 덮인 운하 위에서는 고깃배와 그 위에서 그물을 던지는 어부의 모습도 보였습니다……

 이런 날씨에는 길 위에서 책을 읽는 것도 불가능했습니다. 북풍과 함께 억수같이 쏟아지는 비가 마치 양동이로 쏟아 붓듯이 얼굴 위로 들이쳤습니다……. 나는 숨을 헐떡거리며 길을 따라갔습니다. 이렇게 세 시간을 걷자 비로소 작은 사이프러스 숲이 눈앞에 보였습니다. 마얀 마을은 바람을 피해 숲속 한가운데에 자리 잡고 있었습니다.

 마을에 이르렀지만, 거리에는 고양이 한 마리조차 보이지 않았습니다. 모두 미사에 간 모양이었습니다. 성당 앞을 지나갈 때 오르간 소리가 울려 퍼졌고 스테인드글라스 사이로 양초들의 불빛이 반짝였습니다.

 시인의 집은 마을 끝자락에 있었습니다. 생트 레미로 향하는 길 왼쪽의 마지막 집이었는데, 앞마당이 있는 작은 단층 건물이었습니다. 나는 조용히 안으로 들어갔습니다. 아무도 없고 거실문은 굳게 닫혀 있었습니다. 그런데 뒤쪽에서 누군가 걸어오며 큰 목소리로 이야기하는 소리가 들렸는데 걸음걸이와 목소리가 익숙했습니다. 나는 흰 석회 칠을 한 작은 복도에서 문손잡이를 잡고는 한참을 설레는 마음으로 기다렸습니다. 심장이 뛰었습니다. 그리고 그가 저기 나타났습니다.

그는 시를 쓰고 있습니다. 그가 시를 다 쓸 때까지 기다려야 할까요? 아니! 그냥 들어가 보기로 하지요.

아! 파리 시민 여러분, 마얀의 시인이 파리에서 자신의 〈미레유〉를 발표할 때를 기억하십니까? 딱딱한 깃이 달린 셔츠에 그의 명성만큼이나 거북한 커다란 모자를 쓰고 도회 차림으로 살롱에 나타났었지요. 여러분은 그게 시인 미스트랄의 모습이라고 생각했을 겁니다⋯⋯.

하지만 그건 그의 진짜 모습이 아니었습니다. 세상에 미스트랄은 딱 한 명뿐이니까요. 지난 일요일 내가 그가 사는 마을을 깜짝 방문했던⋯⋯. 펠트 모자를 눌러쓰고, 조끼 없는 재킷에, 빨간색 카탈루냐식 양털 허리띠를 두른⋯⋯. 그 모습이 바로 미스트랄입니다. 반짝이는 눈빛과 시적 영감에 불타는 듯 멋지고 온화한 미소의 두 뺨. 그리스 동상처럼 우아한 자태로 주머니에 손을 넣고 성큼성큼 걸으며 시를 읊던⋯⋯.

"오, 자네군! 어쩐 일인가?"

미스트랄이 나의 목을 껴안으며 외쳤습니다.

"날 찾아와 줄 생각을 다 하다니! 정말 잘했네. 마침 오늘이 마얀 마을의 축젯날이야. 아비뇽 음악에, 황소 떼와 신도들의 행렬, 파랑돌 춤도 볼 수 있지. 아주 재미있을 거야. 곧 어머니가 미사를 마치고 돌아오실 테니, 같이 식사한 후에 아름다운 여인들이 춤추는 모습을 구경하러 가자고."

그가 말하는 동안 나는 밝은 색 양탄자가 깔린 작은 응접실을 감탄스러운 눈으로 둘러보고 있었습니다. 이곳에서 즐겁게 지낸 것도 벌써 아주 오래전 일이었습니다. 하지만 변한 것은 하나도 없었습니다. 노란색 바둑판무늬 소파, 두 개의 밀짚으로 만든 안락의자, 팔이 없는 비너스상과 벽난로 위에 놓인 아를의 비너스상, 에베르가 그린 미스트랄 시인의 초상화, 에티엔 카르자가 찍어 준 사진, 그리고 구석 창문가에 세금 수납원이 쓰는 것과 같은 작고 초라한 책상, 그 위에 고서들과 사전들이 쌓여 있는 것까지! 모든 것이 그대로였습니다. 그 책상 한가운데 커다란 노트 한 권이 펼쳐져 있었습니다……. 프레데릭 미스트랄 시인의 신작 〈칼랑달〉이었는데, 연말 성탄절에 맞춰 선보일 예정이었습니다. 미스트랄이 칠 년 동안 매달린 작품으로 마지막 시구를 만드는 데 무려 반년이나 걸렸다고 합니다. 그런데도 시인은 아직 작품을 손에서 놓지 못하고 있었습니다. 아시겠

101

지만, 시인들은 시구 하나를 다듬고 더 좋은 운율을 찾기 위해 온 힘을 다 쏟아붓는답니다……

프로방스어로 시를 쓰는 미스트랄은 마치 모두가 프로방스어를 읽을 수 있다는 듯 너무나 정성껏 열심히 시를 짓고 있었습니다. 오, 얼마나 멋진 시인인지요! 몽테뉴가 그 시를 보았다면 아마 이렇게 말했을 겁니다.

"사람들이 거의 찾지 않는 예술에 뭐 그렇게 많은 공을 들이느냐고 물을 때, '찾지 않아도 상관없습니다. 단 한 사람이라도 좋습니다. 그 한 사람마저 없어도 괜찮습니다.'라고 대답하는 사람을 기억하라."

나는 〈칼랑달〉이 적힌 노트를 손에 들고 감동 속에서 페이지를 넘겼습니다. 그런데 갑자기 거리에서 나는 피리 소리와 북소리가 창문 너머로 들려왔습니다. 그러자 미스트랄이 찬장으로 달려가더니 잔과 술병을 내오고 테이블을 응접실 한가운데로 옮겨 놓는 것이었습니다. 그리고 거리의 음악가들에게 문을 열어주며 내게 말했습니다.

"비웃지 말게나. 저들은 내게 오바드를 들려주러 온 거야. 내가 시의원이거든."

좁은 방은 곧 사람들로 꽉 찼습니다. 의자에 북을 올려놓고 구석에 낡은 깃발을 내려놓은 그들에게 뱅퀴 한 잔씩이 돌아갔습니다. 사람들은 진지하게 축제에 대해 의논했습니다. 파랑돌 춤이 지난해만큼 멋질 건지, 황소들이 말을 잘 들을 건지 등을 이야기하고 난 뒤 음악가들은 프레데릭 미스트랄의 건강을 축원하며 술 몇 병을 비우고 자리에서 일어섰습니다. 그리고 그들은 다른 시의원 집으로 오바드를 들려주러 갔습니다. 바로 그때 미스트랄의 어머니가 오셨습니다. 순식간에 식사가 차려지고 하얗고 예쁜 식탁보와 함께 두 명분의 식기가 식탁에 놓였습니다. 나는 이미 이 집의 관습에 익숙해져 있었습니다. 미스트랄의 손님이 왔을 때 어머니는 절대 식탁에 동석하지 않으셨습니다. 프로방스어 밖에 모르는 가련한 노부인으로선 다른 지방에서 온 프랑스 사람과 이야기하는 게 불편하셨던 겁니다. 게다가 부엌은 늘 노부인을 필요로 하니까요.

오! 그날의 아침 식사는 정말 근사했습니다. 구운 염소 고기 한 조각에 산골에서 온 치즈와 포도잼, 무화과, 사향 포도주 등이 식탁에 올랐습니다. 술잔에 따르면 아름다운 장밋빛이 나는, 맛 좋은 샤토뇌프 데 파프도 곁들여졌습니다.

디저트를 먹는 시간에 나는 시인의 노트를 가져와 그의 식

103

탁 위에 올려놓았습니다.

"함께 밖으로 나가자고 했잖나."

시인이 미소 지으며 말했습니다.

"아니! 아니! 칼랑달부터! 칼랑달부터!"

미스트랄은 포기했다는 듯 운율에 따라 손으로 박자를 맞추며 리듬감 있고 부드러운 목소리로 첫 연을 읊기 시작했습니다.

사랑에 미친 소녀와

그 슬픈 사연을 전해 주려 하네.

신이 허락하신다면,

카시스의 아이에 대해 노래하려 하네.

가엾은 멸치잡이 소년…….

밖에서는 저녁 미사를 알리는 종소리가 들리며 광장에서 폭죽이 터졌습니다. 피리 부는 사람들이 북 치는 사람들과 함께 거리를 지나갔습니다. 사람들이 몰고 가는 카마르그의 황소들이 울음소리를 냈습니다.

하지만 나는 식탁 위에 팔을 괴고 눈물을 머금은 채 불쌍한 프로방스의 어부 소년 이야기를 듣고 있었습니다.

칼랑달은 어부였습니다. 그런데 사랑이 그를 영웅으로 만들었습니다. 무척이나 아름다운 연인, 사랑하는 에스테렐의 마음을 얻기 위해 그는 헤라클레스의 열두 가지 임무는 비교도 안 될 정도로 놀라운 일을 벌이게 됩니다.

한 번은 부자가 되기로 마음먹은 그가 어마어마하게 큰 그물을 만들어서 바다의 모든 물고기를 항구로 끌고 왔습니다. 또 한 번은 부하들과 첩들 사이에 숨은 울리울 협곡의 무시무시한 산적 세베랑 백작을 쫓아 그가 숨어 있는 소굴에 다다르기도 했습니다……. 어린 칼랑달은 정말 대단했습니다! 그는 생트봄에서 한바탕 결투를 벌이러 온 두 패거리와 마주친 적도 있었습니다. 솔로몬 신전의 골격을 지은 프로방스의 목수 자크의 무덤에 한판 대결을 펼치러 온 장인들 사이로 뛰어들어 말로 그들을 진정시키기도 했습니다.

그의 초인적 모험은 여기서 그치지 않았습니다! 뤼르의 암벽 꼭대기에 삼나무 숲이 있었는데, 나무꾼들조차도 감히 접근하기 힘든 그곳에서 그는 한 달 동안이나 혼자 머물렀습니다. 그리고 사람들은 그가 나무의 몸통에 도끼를 박는 소리를 날마다 들어야 했지요. 마치 숲 전체가 비명을 지르는 듯한 소리와 함께 마침내 커다란 고목들이 차례로 쓰러져 절벽 밑으로 굴러떨어졌습니다. 칼랑달이 다시 내려왔을 때는 산속에 삼나무가 하나도 남아 있지 않았습니다……

 그 많은 모험의 보상인 듯 멸치잡이 어부는 마침내 에스테렐의 사랑을 얻어냈고, 카시스 주민들에 의해 집정관으로 임명되었답니다. 칼랑달의 이야기는 여기까지입니다. 하지만 칼랑달이 뭐가 그리 중요할까요? 이 시에서 제일 중요한 건 바로 프로방스였답니다. 바다와 산이 있는 프로방스! 역사와 풍습, 전해오는 전설, 경치 그리고 죽기 전 자신들의 위대한 시인을 발견한……. 순박하고 자유로운 사람들의 마을 프로방스! 그런데 이런 곳에 철도를 깔고, 전신주를 세우고 학교에서 프로방스어를 몰아내려고 하는 겁니다! 하지만 프로방스는 〈미레유〉와 〈칼랑달〉과 함께 영원히 살아 있을 겁니다.

"이제 시는 그만! 축제를 구경하러 가야 할 시간이야."
 미스트랄이 노트를 덮으며 말했습니다.
 우리는 집을 나섰습니다. 마을 사람들이 모두 거리로 나와 있었습니다. 북풍이 이미 크게 불어와 하늘을 한번 쓸고 갔습니다. 비에 젖은 빨간색 지붕들 위에는 상쾌한 하늘이 빛나고 있었습니다. 우리가 도착했을 때 마침 신자들의 행렬이 돌아오고 있었습니다. 행렬은 한 시간이나 계속되었습니다. 두건을 쓴 신자들과 흰색과 파란색 그리고 회색 옷을 입은 신자들, 베일을 쓴 소녀 신자들과 금빛 꽃무늬의 분홍색 깃발들, 네 명이 짊어진 커다란 나무 성인상들, 손에 커다란 꽃다발을 들고 색이 칠해진 도자기 성녀상에 이어 사제복, 성체가 안치된 함, 초록색 벨벳으로 만든 닫집, 하얀색 비단으로 테를 두른 십자가 등이 줄줄이 이어졌습니다. 이 모든 것이 횃불과 햇빛 아래서 시편과 기도문, 종소리가 울려 퍼지는 가운데 바람 속에 물결쳤습니다.

행렬이 끝나자 성인상들은 각자 성당 안에 다시 안치되었고 우리는 황소 떼를 보러 갔습니다. 경기장에서는 격투기, 삼단뛰기, 고양이 몰기, 멀리뛰기 등 프로방스 축제에서만 볼 수 있는 재미있는 구경거리들이 벌어졌습니다……

우리가 마얀으로 돌아왔을 때는 이미 해가 떨어져 있었습니다. 저녁이면 미스트랄이 친구 지도르와 함께 들르는 카페가 있는데, 그곳 광장에는 모닥불이 지펴져 있었습니다. 파랑돌 춤이 시작된 거지요. 종이로 만든 램프가 곳곳을 밝혀 주었습니다. 젊은이들이 광장을 가득 메웠고 모닥불 주위로 원을 그리며 북소리에 맞추어 시끌벅적 춤판이 벌어졌습니다. 춤은 아마 밤새 이어질 것입니다.

저녁 식사를 마친 뒤, 거리를 다시 쏘다니기에 너무 지쳐 버린 우리는 미스트랄의 방으로 올라갔습니다. 침대 두 개만 있는 소박한 농부의 방이었습니다. 벽지를 바르지 않은 천장에는 들보가 그대로 드러나 있었습니다……. 사 년 전, 이 〈미레유〉 저자에게 아카데미에서 삼천 프랑의 상금을 주었을 때, 미스트랄의 어머니는 이미 그 돈을 어디에 쓸지 생각해 두었고 그녀는 자기 생각을 아들에게 말했습니다.

"네 방 벽과 천장을 도배하면 어떻겠니?"

아들에게 어머니가 말했을 때 미스트랄은 대답했습니다.

"아니! 아니요! 그건 시인들의 돈이에요. 그 돈에 손대면 안 돼요."

그래서 그의 방은 그대로 남았습니다. 이렇게 시인의 돈은 그대로 남게 되었고 미스트랄은 집을 방문하는 사람들을 위해 자기 지갑을 열어 주었습니다.

〈칼랑달〉 노트를 그의 방으로 들고 들어가 잠들기 전 한 번 더 시를 읽어 달라고 졸랐습니다. 미스트랄은 도자기 이야기를 골랐습니다. 여기에 그 이야기를 간단히 소개합니다.

어디였는지는 잘 모르지만 성대한 식사 자리에서였습니다. 사람들이 무스티에 도자기 식기로 근사한 식탁을 준비했습니다. 유약을 바른 도자기 접시마다 파란색 그림이 그려져

108

있었습니다. 모두 프로방스를 주제로 한 것들이었지요. 그 안에 프로방스의 역사가 모두 담겨 있었습니다. 이 아름다운 도자기들에 얼마나 큰 애정이 깃들어 있었는지! 접시 하나하나마다 테오크리토스의 그림처럼 소박하고도 격조 있는 시 한 구절 한 구절이 새겨져 있었습니다.

미스트랄은 아름다운 프로방스어로 된 자기 시를 읽어 주었습니다. 대부분은 라틴어였고, 옛날 여왕들이나 썼거나 지금은 목동들이나 알아들을 수 있는 그런 말들이었습니다. 하지만 그가 시를 읽어 주는 동안 나는 마음속 깊이 그를 존경하게 되었습니다. 그렇게 나는 자신의 모국어를 발견해 낸 폐허의 왕국을 상상하며 알피유 산에 있던 보 왕국의 오랜 궁전을 떠올렸습니다. 지붕은 날아가 버리고, 난간과 계단과 창문 유리는 사라지고, 부서진 아치형 대문에는 클로버 장식만 남은 채 가문을 알리는 문장에는 이끼가 끼어 있는……. 번영했던 뜰에서는 암탉들이 먹이를 쪼아 먹고, 얇은 회랑 기둥 밑엔 돼지들이 누워 있고, 빗물로 가득 찬 커다란 성수를 담는 그릇은 비둘기들이 목을 축이고 있습니다……. 두세 가구의 농부들이 낡고 허물어진 궁전 벽에 오두막을 짓고 사는 그런 궁전입니다.

그리고 어느 날, 이 커다란 폐허에 마음을 빼앗긴 농부의 아들 하나가 이렇게 더럽혀진 궁전에 분노를 느낍니다. 그는 서둘러 이곳 영광의 뜰에서 짐승들을 몰아냈고, 요정들은 달려와 그를 도왔습니다. 농부의 아들은 혼자 멋진 계단을 복원하며 벽의 모서리를 다듬었고, 창문에는 다시 유리창을 끼워 넣고, 탑을 다시 세웠습니다. 그리고 옥좌가 있는 방에는 금박 장식을 다시 입혀 교황과 왕후들이 살았던 거대한 옛 궁전을 되살렸습니다.

이렇게 재건된 궁전, 그것이 바로 프로방스 언어입니다.

그리고 그 농부의 아들이 바로 미스트랄이랍니다.

고셰 신부님의 명주

"이걸 마셔봐요. 그리고 느낌이 어떤지 얘기해 주십시오."

그라브종 교구의 신부는 진주알의 숫자를 세는 보석 세공인처럼 아주 조심스럽게 반짝반짝 빛나는 황금색이 섞인 초록색 액체를 손가락 두 개 높이만큼 한 방울 한 방울씩 내게 따라주었습니다…… 마치 따스한 우리 남부 지방의 햇빛을 한 모금 마시는 것 같았습니다.

"이것은 고세 신부의 술입니다. 우리가 사랑하는 프로방스에 커다란 행복과 건강을 가져다주었던 그 술 말입니다."

신부가 자랑스럽게 말했습니다.

"이 술은 선생님의 방앗간에서 얼마 떨어지지 않은 프레몽트레 수도원에서 만들고 있습니다…… 수도원에서 만드는 최고급 술 중에 이 술만큼 훌륭한 것이 있는지 생각이 난다면 어디 말씀해보십시오. 이 술은 그 술들을 모두 합한 것만큼 가치가 있습니다…… 이 술에 관한 이야기도 아주 재미있지요. 그 얘기를 선생님께 꼭 들려드려야겠습니다. 들어보세요!"

십자가의 행로를 그린 그림과 성직자들의 제의처럼 풀을 먹인 예쁜 하얀색 커튼이 걸려 있는 평화롭고 순수한 사제관의 식당에서 신부는 이렇게 전혀 꾸밈없이 내게 이야기를 들려주었습니다. 그가 존경하는 태도를 보이지 않고 의심을 한 채 이야기하는 모습은 에라스뮈스나 다수시의 이야기들을 연상시켰습니다.

20년 전 프로방스에서 '백색의 신부들'이라고 불리던 프레몽트레의 수도사들은 어려운 시기를 맞게 되었습니다. 선생님이 당시 그들의 수도원을 보았다면 그 수도사들을 안쓰럽게 여겼을 겁니다.

커다란 바깥쪽 벽과 파콤 탑은 무너져서 폐허가 되어가고 있었습니다. 잡초로 뒤덮인 수도원 회랑 기둥에는 금이 가고 있었고, 돌로 만든 성인들의 조각상도 가루가 되어 부스러지고 있었습니다. 창문에는 스테인드글라스가 하나도 남아 있지 않았고, 제대로 닫히는 문도 없었습니다. 론강에서 불어오는 바람이 카마르그 전체를 휩쓰는 것처럼 이 수도원의 뜰과 예배당을 휩쓸면서 양초의 불을 꺼버리고, 창틀을 부숴버리고, 그릇 안에 담긴 성수가 사방으로 튀게 했습니다.

하지만 무엇보다도 슬펐던 것은 종탑이 텅 빈 비둘기장처럼 침묵을 지키고 있는 광경이었습니다. 수도사들은 돈이 없어서 종을 살 수 없었기 때문에 아몬드 나무로 만든 캐스터네츠로 아침 기도 시간을 알려야 했습니다!

백색의 신부들이 정말 얼마나 불쌍했는지! 여기저기를 기운 두건 달린 망토를 입고 비쩍 마른 얼굴에 창백한 표정으로 성체 축일 행진을 하던 그들의 모습이 지금도 눈에 선합니다.

그때 그들에게 음식이라고는 돼지들이나 먹을 음식밖에 없었습니다. 그들의 뒤에서는 수도원장이 십자가에 금박을 입히지 못한 수치심과 벌레 먹은 주교관을 밝은 날 모든 사람이 보는 앞에서 쓰고 있어야 한다는 사실 때문에 고개를 숙인 채 걷고 있었습니다.

행렬에 참여했던 수녀들은 그들이 안쓰러워 울음을 터뜨렸고, 뚱뚱한 기수들은 불쌍한 수도사들을 향해 엄지손가락을 까딱거리며 자기들끼리 이렇게 말했습니다.

"찌르레기는 떼 지어 날아다니면 살이 빠지는 법이지."

사실 그 불행한 백색의 신부들은 수도원을 해체하고 각자 세상으로 나가서 자신을 돌보는 편이 낫지 않겠냐는 논쟁을 벌이고 있었습니다.

하지만 어느 날 참사회 회의실에서 이 심각한 문제를 토의하던 중에 고셰 수도사가 발언을 하고 싶어 한다는 전갈이 수도원 원장에게 전달되었습니다. 이 고셰 수도사라는 사람은 수도원에서 소 치는 일을 맡고 있었습니다.

다시 말해서, 그는 바닥에 깔아놓은 돌 틈에서 자라는 풀

116

을 찾는 비쩍 마른 소 두 마리의 뒤를 따라 수도원의 회랑을 천천히 돌아다니며 하루를 보내곤 한다는 뜻입니다. 열두 살이 될 때까지 그를 길러준 사람은 베공 아줌마라고 불리는 정신이 좀 이상한 할멈이었습니다. 그리고 그 이후에는 수도사들이 그를 보살펴주었습니다. 하지만 이 불쌍한 목동은 소 치는 법과 주기도문을 외는 법 외에는 평생 아무것도 배우지 못했습니다.

그나마 주기도문도 프로방스어로밖에는 알지 못했습니다. 그는 머리가 너무나 둔했기 때문이었습니다. 하지만 그는 지나칠 정도로 열렬한 기독교 신자여서 고행자들이 입는 마모직 셔츠를 입고 굳건한 신앙을 바탕으로 튼튼하기 짝이 없는 자신의 두 팔로 자신을 단련시키면서 편안함을 느끼곤 했습니다······.

수도원 원장, 참사회원들, 회계원을 비롯한 그 자리에 모여 있던 사람들은 모든 것이 서투르게 보이는 이 소박한 남자가 참사회 회의실로 들어와서 한쪽 다리를 뒤로 쭉 빼고 모두에게 몸을 숙여 절을 하는 것을 보고 폭소를 터뜨렸습니다.

사실 그의 마음씨 좋은 얼굴과 염소수염, 그리고 약간은 광기가 엿보이는 눈을 보고 사람들이 보이는 반응은 언제나 이런 것이었습니다. 그래서 고셰 수도사는 그런 문제로 고민하지 않았습니다.

"존경하는 신부님들."

그가 올리브색 돌로 만든 묵주를 손가락으로 꼬면서 그 특유의 순진하고 유쾌한 태도로 말했습니다.

"빈 술통이 요란하다는 말은 정말로 옳은 말이에요. 저의 이 텅 빈 머리가 우리 모두의 문제를 해결해 줄 방법을 찾아냈으니까요. 그 방법이란 이런 거예요. 모두 베공 아줌마를 기억하시죠. 제가 어렸을 때 저를 돌봐주었던 그 훌륭한 여인 말이요. 아, 그래요. 아줌마는 정말 늙은 악당이었지요. 하느님, 그녀의 영혼을 편히 쉬게 해 주소서! 아줌마는 술이 몇 잔 들어가면 못된 노래를 부르곤 했어요. 아, 저, 제가 말하려고 하는 것은, 존경하는 신부님들, 이런 거예요. 베공 아줌마는 코르시카의 그 어떤 검은 새들보다도 약초에 대해 잘 알고 있었어요. 게다가 죽기 전에 놀라운 묘약을 만들어냈죠. 아줌마하고 제가 알피유 산에서 구한 약초 대여섯 가지를 섞어서요. 아주 오래전의 일이었어요. 하지만 성 아우구스티누스의 도우심과 수도원장님이 허락해 주신다면, 아줌마가 그 신비스러운 술을 만드는 데 썼던 약초를 다시 찾아낼 수 있을 것 같아요. 그렇게 되면 그 술을 병에 담아서 높은 가격에 팔기만 하면 되는 거예요. 그러면 우리 수도원이 큰 부자가 될 거예요. 트라피스트 수도원이나 샤르트르 대수도원의 형제들처럼요⋯⋯."

사람들은 그에게 말을 끝낼 시간을 주지 않았습니다. 수도원 원장은 자리에서 일어나 두 손으로 그의 목을 감쌌습니다. 참사회원들도 그를 붙잡았습니다. 회계원은 다른 사람들보다 훨씬 더 흥분해서 고셰 수도사가 입고 있는 해진 옷자락에 입을 맞추기 시작했습니다. 그러다가 모두 제자리로 돌아가서 이 문제를 토의하기 시작했습니다.

참사회의는 지체 없이 만장일치로 고셰 수도사가 술을 만드는 데 모든 시간을 쏟을 수 있도록 트라지빌 수도사에게 소들을 맡기기로 했습니다.

그 착한 수도사가 베공 아줌마의 술 제조법을 어떻게 다시 찾아냈을까요? 몇 날 며칠 밤을 새워서? 그건 아무도 모릅니다. 우리가 분명히 알고 있는 것은 6개월 후에 백색의 신부들이 만든 술이 대단한 인기 상품이 되었다는 사실입니다.

아비뇽의 모든 마을에서, 아를 일대의 모든 시골 지방에서, 식료품 저장고 한구석에 향료를 넣은 포도주병과 절인 올리브 항아리 사이에 갈색의 작은 토기에 담긴 이 술을 하나쯤 갖춰 놓지 않은 농가는 단 한 곳도 없었습니다.

프로방스의 문장으로 봉인된 이 술병에는 활짝 웃고 있는 수도사의 모습을 그린 상표가 붙어 있었습니다. 이 술의 인기 덕분에 프레몽트레 수도원은 순식간에 부자가 되었습니다. 파콤 탑도 원래대로 복원되었습니다.

수도원장은 새로운 주교관을 구할 수 있었고, 교회 유리창에는 아름다운 스테인드글라스가 장식되었으며, 종탑에는 돌로 만든 섬세한 격자무늬와 함께 크고 작은 종들이 부활절 아침에 춤을 추듯 뎅그렁뎅그렁 울리게 되었습니다.

전혀 세련되지 않은 모습으로 참사회원들을 그토록 즐겁게 만들어준 불쌍한 수도사 고셰에 대해서는 수도원 내의 아무도 더는 언급하지 않았습니다.

그때부터는 존경하는 고셰 신부님이라고 알려진 사람만이 존재할 뿐이었습니다. 고셰 신부는 대단한 지성과 학식을 지닌 인물로 수도원의 수많은 일상적인 활동으로부터 완전히 손을 떼고 새벽부터 어스름 무렵까지 자신의 실험실에 틀어박혀 있었습니다.

그리고 그동안 30명의 수도사가 그를 위해 좋은 향기가 나는 약초를 찾으려고 산속을 샅샅이 뒤지곤 했습니다……. 그 누구도, 심지어 원장조차도 함부로 들어갈 수 없었던 그 실험실은 원래는 참사회의 정원 구석에 있는, 이제는 사용되지 않는 낡은 예배당이었습니다.

소박한 마음씨를 지닌 훌륭한 신부님들 덕분에 그 실험실은 신비와 경외의 분위기를 지니게 되었습니다. 어쩌다가 대담하고 호기심 많은 젊은 수도사들이 덩굴식물을 타고 올라가 현관 위에 있는 장밋빛 창문에 손을 뻗으려 하는 경우도 있었지만, 그들은 마술사처럼 턱수염을 기르고 손에 알코올 도수 측정계를 든 채 토기로 된 분홍색 증류기와 뱀처럼 구불거리는 유리관들에 둘러싸여 있는 고세 신부의 모습을 보고 공포에 질려서 올라갈 때보다 훨씬 빠른 속도로 내려오곤 했습니다.

실험실 안의 기구들이 스테인드글라스 창문의 빨간색 빛을 받아서 마치 마법사의 주문에 걸린 것처럼 환상적으로 빛나고 있었기 때문입니다…….

하루가 끝나고 마지막 기도 시간을 알리는 종이 울리면 이 신비스러운 장소의 문이 조심스럽게 열리고, 존경하는 신부님이 저녁 미사를 위해 씩씩하게 밖으로 나오곤 했습니다. 그가 수도원 안을 걸어갈 때 주위 사람들이 얼마나 흥분했는지, 선생님도 그 광경을 보았으면 좋았을 텐데요! 수도사들은 그가 지나가는 것을 보기 위해 줄을 지어 서서 이런 감탄사를 던지곤 했습니다.

"쉿! 저분이 비밀을 발견하셨나 봐!"

교회 회계원은 항상 그의 뒤를 따르며 뭔가 비밀 이야기를 하듯 대화를 나누곤 했습니다. 이 모든 흥분의 한가운데에서 신부님은 이마의 땀을 훔치고 머리 뒤쪽에 마치 후광처럼 자리 잡은 챙이 넓은 삼각모자의 균형을 맞추면서 계속 걸어갔습니다.

그리고 흡족한 표정으로 주위를 둘러보며 오렌지 나무가 있는 널따란 뜰, 풍향계를 새로 단 푸른색 지붕, 우아하게 조각된 기둥들이 짝을 지어 늘어서고, 눈부신 하얀색이 칠해진 수도원 회랑에서 만족한 표정으로 새 옷을 입고 돌아다니는 참사회원들을 바라보았습니다.

"저 사람들이 이 모든 것을 갖게 된 건 내 덕분이야!"

존경하는 신부님은 혼자 이런 생각을 하곤 했습니다. 그리고 이런 생각은 그의 마음속에 자만심을 가득 채워주었습니다. 이 불쌍한 남자는 이 때문에 커다란 벌을 받았습니다. 선생님도 이제 곧 아시게 될 겁니다……

어느 날 저녁 미사가 진행되는 도중에 그가 아주 흥분한 상태로 교회 안으로 뛰어 들어왔습니다. 그는 얼굴이 빨강게 상기된 채 숨을 헐떡이고 있었으며, 두건은 마구 흐트러져 있었습니다. 어찌나 정신이 없던지 성수를 담는 그릇에 손을 넣어 적시면서 옷소매까지 적셔서 팔꿈치까지 다 젖었습니다.

처음에는 모두 그가 미사에 늦게 온 것 때문에 당황해서 그러나 보다 생각했습니다. 하지만 그가 높은 제단 앞에서 절을 하는 대신 오르간과 회랑을 향해 공손하게 여러 번 무릎을 꿇고, 교회 안을 바람처럼 지나가 자기 자리를 찾기 위해 5분 동안 성가대석 주위를 어슬렁거리다가 마침내 자기 자리를 찾은 다음에는, 더없이 행복한 미소를 띤 얼굴로 오른쪽 왼쪽으로 꾸벅꾸벅 인사를 하며 자리에 앉는 것을 보고 교회 안이 한순간 술렁거렸습니다. 성무일도서로 입을 가리고 모두 이렇게 속삭였습니다.

"고셰 신부님이 왜 저러시지? ……고셰 신부님이 왜 저러시는 거야?"

원장은 더는 참을 수 없어서 사람들에게 조용히 해 달라고 요구하며 손에 쥐고 있는 홀을 두 번이나 바닥에 내리쳤습니다. 멀리 성가대석 한쪽 끝에서는 사람들이 벌써 시편을 읊조리고 있었습니다. 하지만 그 속도가 점점 느려졌습니다. 갑자기 고셰 신부가 몸을 의자 깊숙이 기대며 커다란 목소리로 이런 말을 읊기 시작했습니다.

파리에 흰옷 입은 신부 하나 있다네
파타탱, 파타탕, 타라뱅, 타라방······.

모두 깜짝 놀라 눈이 휘둥그레졌습니다! 그리고 다들 자리
에서 일어서서 소리쳤습니다.
"저 사람을 여기서 끌어내요! 악마에게 홀렸어요!"
참사회원들은 성호를 그었습니다. 원장은 허공에 대고 홀
을 흔들었습니다······. 하지만 고셰 신부는 아무것도 보지
못하고, 아무 소리도 듣지 못하는 것 같았습니다. 그래서 몸
집이 커다란 수도사 두 명이 성가대석의 작은 문을 통해 그
를 끌어내야 했습니다.
그동안 그는 마치 자기 몸에서 귀신을 내쫓는 의식이 진
행되기라도 하는 것처럼 몸부림을 치며 더욱 커다란 소리로
계속해서 '파타탱······. 타라방'을 외쳐댔습니다.

다음 날 새벽, 이 불쌍한 고셰 신부는 원장의 기도실에서
무릎을 꿇고 눈물을 홍수처럼 흘리며 고해를 하고 있었습
니다.
"그 술 때문이에요, 원장님. 그 술 때문에 제가 그런 짓을
했어요."

124

그는 자기 가슴을 치면서 이 말을 되풀이했습니다.

그가 그토록 죄를 뉘우치며 참회하는 것을 보자, 마음씨 좋은 원장은 크게 감동했습니다.

"자, 자, 고셰 신부님, 진정하세요. 그런 일은 금방 지나가 버릴 겁니다. 아침 햇살에 이슬이 사라지는 것처럼 말이에요……. 사실 그 사건은 당신이 생각하는 것만큼 그렇게 큰 일이 아니었어요. 물론 그 노래는 조금……. 흠! 흠! 뭐, 견습 수도사들이 그 노래를 듣지 않았기를 바라는 수밖에요. 자, 이제 어떻게 그런 일이 일어나게 되었는지 말해보세요. 그 술을 시험하다 그렇게 된 거죠? 당신은 마음이 너무 좋아요, 그래요, 그래요, 나는 이해해요……. 화약을 발명했던 슈바르츠 수도사처럼 당신도 당신이 발명한 물건의 희생자가 된 거예요……. 하지만 말해보세요, 내 좋은 친구. 그 강력한 술을 당신 자신에게 꼭 실험해야 하나요?"

"불행하게도 그래요, 원장님. 시험관으로 알코올 도수와 양까지야 충분히 알 수 있지만요, 끝마무리, 부드러운 감촉, 이건 오로지 제 혀만 믿을 수 있거든요……."

"좋아요, 그렇다면……. 사소한 것 한 가지만 더 물어보지요. 그렇게 어쩔 수 없이 술맛을 보아야 할 때 그 일이 즐거운가요? 거기서 기쁨을 느낍니까?"

"슬프게도 그래요, 원장님."

불쌍한 신부님이 얼굴을 빨갛게 물들이면서 대답했습니다.

"지난 이틀 동안 술에서 향기가 나는 것 같았어요! 오, 악마가 제게 속임수를 쓴 것이 분명해요! 그래서 전 결심했어요. 앞으로는 시험관에 있는 것만 마시자고 굳게 결심했지요. 만약 술이 부드럽지 않고 그리 완벽한 맛을 내지 못한다고 하더라도 유감일 수밖에요……."

원장이 급히 고셰 신부의 말을 가로막았습니다.

"그래서는 안 되오! 우리 고객들에게 실망을 안겨주어서는 안 됩니다. 앞으로는, 이미 어떤 일이 일어날지 알게 되었으니까, 당신이 철저하게 조심하기만 하면 됩니다. 잘 생각해보세요. 술에 대해 올바른 판단을 내리기 위해 맛을 보아야 하는 양이 얼마나 되죠? 한 열다섯 방울 내지 스무 방울쯤? 우리 스무 방울이라고 해둡시다. 스무 방울을 마신 당신에게 장난을 치려면 악마도 머리를 꽤 써야 할 거예요. 그리고 사고를 예방하기 위해서 지금부터는 교회에 오지 않아도 좋아요. 실험실에서 기도하도록 하세요. 자, 존경하는 신부님, 이제 마음을 편안히 가지세요. 그리고 이걸 반드시 명심하세요……. 방울을 세는 데 각별히 신경을 써야 한다는 점 말이에요."

그러나 슬프게도 불쌍한 고셰 신부가 방울을 세는 데 아무리 신경을 써도 이미 그를 꽉 붙들고 있던 악마는 그 손을 놓으려 하지 않았습니다. 그래서 실험실에서는 아주 이상한 기도 소리가 들려오게 되었던 것입니다!

낮 동안에는 아무 문제없이 흘러갔습니다. 고셰 신부는 계속 차분한 태도를 유지했습니다. 그는 오븐과 증류기를 준비하고, 태양이 내리쬐는 산의 향내가 가득 배어 있는 프로방스의 그 레이스처럼 섬세한 회색 약초들을 조심스럽게 분류했습니다. 하지만 저녁이 오고 술에 들어간 약초의 맛이 우러나 술이 커다란 빨간색 구리 냄비 속에서 식어갈 무렵이 되면 이 불쌍한 남자의 시련이 시작되었습니다.

"……열일곱……. 열여덟……. 열아홉……. 스물!"

술은 시험관으로부터 루비 색깔의 잔 속으로 한 방울 한 방울씩 떨어졌습니다. 고셰 신부는 스무 방울을 모두 한입에 꿀꺽 삼켜버리곤 했지만, 아무런 기쁨도 느끼지 못했습니다. 그가 계속 원하고 있었던 것은 스물한 번째 방울이었습니다.

아, 스물한 번째 방울이라니! 그래서 유혹에서 벗어나기 위해 그는 실험실의 반대편으로 가서 무릎을 꿇고 주기도문 속에서 피난처를 구하려 했습니다.

하지만 아직도 따스한 온기를 간직하고 있는 술에서 향기로운 증기가 솟아올라 그의 주위를 맴도는 바람에 그는 자신도 모르게 냄비가 있는 쪽으로 다시 끌려가듯 돌아가곤 했습니다…….

술은 황금빛이 섞인 아름다운 초록색이었습니다. 고세 신부는 그 위에 몸을 숙이고 숨을 깊이 들이쉬면서 유리막대로 부드럽게 그 액체를 젓곤 했습니다. 소용돌이치는 그 에메랄드색 액체의 반짝거림 속에서 베공 아줌마가 눈을 반짝이며 그를 비웃고 있는 모습이 보이는 것 같았습니다.

"계속해! 한 방울만 더 마시면 돼!"

하지만 한 방울은 두 방울로 이어졌고, 이 불쌍한 신부님은 결국 자신의 잔에 술을 찰랑찰랑하게 따르곤 했습니다. 그러고 나서 이미 마음속의 모든 저항을 극복한 그는 커다란 안락의자에 앉아서 눈을 게슴츠레하게 뜨고 몸을 기분 좋게 쭉 편 채 자신의 죄가 담긴 잔 속의 액체를 천천히 마시며 그 맛을 음미했습니다. 하지만 그러면서도 커다란 후회의 감정을 느끼고 있었기 때문에 그는 작은 소리로 이렇게 혼잣말을 하곤 했습니다.

"아! 난 이제 지옥에 갈 거야……."

하지만 가장 무서운 것은 그가 잔의 바닥이 보일 때쯤 그

잔의 바닥에서 항상 베공 아줌마의 못된 노래들을 발견하고 했다는 점이었습니다. 도대체 누가 그에게 이상한 마술을 부린 것인지, 나로서는 알 수가 없는 일입니다. "세 명의 늙은 부인들이 게임을 하기로 했네……." 라든가 "앙드레 주인님 밑에서 일하는 양치기 소녀가 혼자서 숲으로 간다네……." 라든가, "파타탱 파타탕……." 하는 그 흰옷 신부들의 노래를 불렀습니다.

다음 날 아침, 다른 수도사들이 짓궂은 말들을 할 때 그가 수치심을 느낀 것도 무리가 아니었습니다. 수도사들은 그에게 이런 말을 하곤 했습니다.

"정말이지, 고셰 신부님, 어젯밤 잠자리에 드실 때 신부님 머리에 매미들이 잔뜩 붙어서 울어 댔나 봐요."

그는 눈물을 흘리며 절망에 빠져서 금식하고, 자기 몸에 채찍질하며 스스로 벌했습니다. 하지만 그 어떤 것도 술 속에 들어 있는 악마 앞에서는 소용이 없었습니다. 그래서 매일 저녁 똑같은 시간에 그는 악마에게 다시 홀려버리곤 했습니다.

그러는 동안에도 술에 대한 주문은 계속해서 들어왔습니다. 님에서, 엑스에서, 아비뇽에서, 마르세유에서……. 주문이 들어왔습니다. 날이 갈수록 수도원은 점점 더 공장처럼 변해갔습니다.

　포장을 담당하는 수도사들, 상표를 붙이는 수도사들, 송장 작성을 담당하는 수도사들, 배달용 수레를 모는 수도사들이 생겨났습니다. 그 결과 때로는 수도사들이 기도 시간을 알리는 종을 치는 것도 잊어버리는 일이 생겼습니다. 하지만 그 지역 사람들이 그 때문에 손해를 본 것은 없었다는 점을 분명히 말씀드릴 수 있습니다.

　그러던 어느 화창한 일요일 아침에 회계원이 회의실을 꽉 메운 참사회원들에게 지난해 연말 결산 내용을 읽어 주고, 착한 참사회원 신부들이 눈을 반짝이고 싱글벙글 웃어 가며 그 발표에 귀를 기울이고 있을 때, 회의 중간에 고세 신부가 한가운데로 들어와 소리쳤습니다.

　"그만! 이제 난 질렸어! 모두 끝이야! 난 더 만들지 않을 거야. 예전에 몰던 소들이나 다시 돌려줘!"

　"도대체 왜 이러십니까, 고세 신부님?"

　원장이 물었습니다. 물론 그는 고세 신부가 왜 이런 행동을 하는지 잘 알고 있었습니다.

　"왜 이러느냐고요, 원장님? 난 지금 영원한 불꽃 속에서 악마들이 들고 있는 쇠스랑에 몸을 찔리는 미래를 향해 곧장 나아가고 있어요! 술을 끊을 수 없단 말입니다. 술 때문에 나는 지옥으로 직행하고 있어요!"

"아니 내가 방울수를 세어 가면서 마시라고 말씀드리지 않았습니까?"

"방울을 세라고요! 방울이 아니라 잔을 세야 할 지경이 됐는데! 그래요, 존경하는 신부님, 그렇게 돼버렸어요. 매일 밤 술병을 세 개나 비워버리고 있다고요…… 이런 일이 계속되어서는 안 된다는 걸 원장님도 알고 계시죠? 그러니까 다른 사람한테 술 빚는 일을 맡기세요…… 내가 그 술에 더 손을 댄다면 심판의 불꽃이 나를 태워버릴 겁니다!"

참사회원들의 얼굴에서는 이제 미소가 사라지고 없었습니다.

"아니, 이 대책 없는 사람아, 그럼 우리는 파산하라고?"

회계원이 장부를 흔들면서 소리쳤습니다.

"그럼 내가 지옥에 가도 좋단 말입니까?"

이때 원장이 자리에서 일어났습니다.

"존경하는 신부님!"

그가 성직자의 반지를 낀 아름다운 하얀 손을 들어 올리면서 말했습니다.

"문제를 해결하는 방법이 있습니다…… 악마가 당신을 유혹하는 때가 저녁 아닙니까?"

"네, 원장님. 매일 저녁 한 번도 거르지 않습니다. 그러니 이제는 밤이 오는 것만 보면 막말로 진땀이 비 오듯 쏟아진답니다. 마치 카피투의 당나귀가 몽둥이만 봐도 겁내듯이 말이죠."

"자, 자, 진정하세요……. 지금부터는 매일 저녁 미사를 드릴 때 당신을 위해 성 아우구스티누스의 기도문을 읽겠습니다. 거기에는 절대적인 사면의 말이 붙어 있지요. 그러니까 무슨 일이 일어나더라도 당신은 보호받게 될 겁니다. 당신이 죄를 짓더라도 그 기도문이 당신을 사면해줄 거예요."

"아, 좋아요, 그럼 됐어요! 고맙습니다, 원장님!"

고셰 신부는 더 의문을 제기하지 않고 종달새처럼 가벼운 마음으로 증류기가 있는 자신의 실험실로 돌아갔습니다.

물론 그 순간부터 매일 저녁 기도가 끝날 때, 미사를 참여한 신부는 단 한 번도 거르지 않고 이런 말을 하게 되었습니다.

"우리 수도원을 위해 자신을 희생하고 있는 불쌍한 고셰 신부님을 위해 기도합니다……."

이렇게 흰옷을 입은 수도사들이 어두운 예배당에서 고개를 숙이고 읽는 기도문이, 겨울에 부는 차가운 바람처럼 살랑거리며 하얀 눈 위를 지나 수도원 구석에서 빨갛게 빛나고 있는 실험실의 창문 안쪽에 도달할 즈음, 사람들은 고셰 신부가 커다란 목소리로 노래를 부르는 소리를 들을 수 있었습니다.

파리엔 흰옷 입은 신부 하나 있다네
파타탱, 파타탕, 타라방, 타라뱅
파리엔 흰옷 입은 신부 하나 있어
꼬마 수녀를 춤추게 한다네
트랭, 트랭, 트랭, 뜰에서
꼬마 수녀를 춤추게…….

내게 얘기를 들려주던 신부는 이 부분에서 깜짝 놀라 입을 다물었습니다.

"아, 내가 뭘 하는 거지! 신도들이 내 목소리를 들으면 어쩌려고!"

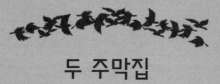

두 주막집

님에서 돌아오는 길, 7월의 어느 오후였습니다. 몹시도 더운 날씨였지요. 시야에 잡히지 않을 만큼 멀리까지, 불볕더위 속의 하얀 길엔 올리브 나무들이 서 있는 정원과 키 작은 떡갈나무 사이로, 하늘을 온통 가득 채운 떡떡한 은빛의 커다란 태양 아래 먼지만 풀풀 날리고 있었습니다. 그림자 한 점 없고, 바람 한 줄기 불지 않았습니다. 뜨거운 태양이 작열하는 떨림과 날카롭게 울어 대는 매미 소리뿐이었는데, 매미 소리는 귀가 먹먹할 만큼 급하고 열광적이었습니다. 마치 이 빛나고 무한한 떨림의 음향 자체 같았지요. 두 시간 전부터 사막처럼 황량한 이곳을 걷고 있는 내 앞에 갑자기, 큰길의 먼지를 뚫고 한 무리의 하얀 집들이 모습을 드러냈습니다. '생뱅상 역참'이라고 불리는 곳으로, 농가 대여섯 채와 붉은 지붕이 덮인 기다란 헛간들, 말라빠진 무화과나무 덤불 속에 놓인, 짐승에게 물 먹이는 통이 빈 채로 있었습니다. 그리고 맨 끝에 커다란 주막집 두 채가 길 하나를 사이에 두고 마주 보고 있었습니다.

이 두 주막집 부근엔 마음을 사로잡는 뭔가가 깃들어 있었습니다. 한편은 커다란 새 건물로, 활기 가득하고 북적거리며, 문이란 문은 다 열려 있었습니다. 바로 앞에는 합승 마차가 서 있고, 마구에서 풀려난 말들이 헉헉 단김을 내뿜고, 승객들은 마차에서 내려 담장이 드리운 짧은 그늘 속에 선 채로 얼른 한잔 마시고 있었습니다. 그 집 뜰은 노새며 수레로 말 디딜 틈도 없고, 수레꾼들은 더위가 조금 식을 때까지 헛간 아래 누워있었습니다. 건물 안에는 고함 소리, 욕설, 식탁을 주먹으로 내리치는 소리, 유리컵 부딪치는 소리, 딱딱 장구 치는 요란한 소리, 레모네이드 병뚜껑 따는 소리 그리고 이 모든 소란을 제압하는 쾌활하고 쩽하는 소리가 있었으니, 유리창이 바르르 떨리도록 노래하는 음성이었습니다.

이쁜 마르고통
아침이면 일어나
은색 병을 들고서
물을 뜨러 갔다네……

맞은편 주막집은 이와 반대로, 조용하고 마치 버려진 집 같았지요. 현관문 아래는 잡초가 자라고, 창의 덧문은 깨졌고, 문에는 작은 호랑가시나무 가지가 잔뜩 녹슬어 낡은 가발처럼 데룽데룽 달려 있고, 입구 계단엔 큰길의 돌멩이들이 깔려 있었고요……. 이 모든 게 어찌나 가련하고 불쌍하던지, 가던 길을 멈추고 그 집에서 한잔 마시는 게 정말이지 적선을 베푸는 일처럼 여겨질 지경이었습니다.

들어가면서 보니 인적 없고 을씨년스러운 기다란 방이 하나 있었는데, 커튼도 없는 커다란 창 세 개로 들어오는 눈부신 햇살이 그 방을 더욱 처연하고 황량하게 만들었습니다. 먼지 끼어 희끄무레한 유리컵들이 나뒹구는 탁자들은 다리 길이가 안 맞아 뒤뚱거리고, 당구대는 네 포켓 구멍이 쪽박처럼 입을 벌린 채 낡아 가고 있었습니다. 노란 긴 의자 하나, 낡아 빠진 계산대, 이런 것들이 비위생적이고 무거운 더위 속에 잠들어 있었습니다. 그리고 파리떼! 파리떼! 세상에 그렇게 많은 파리떼는 처음 봤습니다. 천장에, 유리창에, 컵에, 몇 마리씩 딱 붙어 앉은 파리떼……. 문을 여니, 마치 벌집에 들어간 것처럼 붕붕거리고, 비빅 하며 날개를 떨어내는 소리가 났지요.

방 저쪽 십자형 유리창이 난 곳에, 한 여자가 창에 기대어 골똘히 밖을 내다보며 서 있었습니다. 나는 두 번이나 그녀를 불렀죠.

"여보세요! 아주머니!"

그녀가 천천히 내 쪽을 돌아보았고, 나는 시골 여인의 가여운 얼굴, 주름지고 패인 흙빛인, 우리 고장에선 할머니들이 머리에 쓰곤 하는 적갈색 레이스로 된 긴 레이스 두건을 두른 그 얼굴을 볼 수 있었습니다. 그렇지만 이 여인은 할머니가 아니었습니다. 다만 눈물 때문에 시들어 버린 것이었지요.

"뭘 드릴까요?"

그녀가 눈물을 닦으며 내게 물었습니다.

"잠시 앉아 뭘 좀 마셨으면 하는데요……."

그녀는 많이 놀라서 그 자리에서 움직이지도 않은 채, 마치 알아듣지 못하겠다는 듯이 나를 쳐다보았습니다.

"그러니까 여긴, 주막집 아닌가요?"

그녀는 한숨을 후 내쉬었습니다.

"아니긴요……. 주막집 맞아요, 주막이죠……. 그런데 왜 다른 집, 주막집같이 생긴 저 건넛집에 가시지 않는 거죠? 저 집이 훨씬 더 분위기 좋은데……."

"저에겐 저 집 분위기가 지나치게 좋은걸요……. 저는 여기가 더 좋습니다."

그러고는 대답도 기다리지 않고 탁자 앞에 자리를 잡았습니다.

내 말이 농담이 아니라는 걸 확실히 알게 되자 주인 여자는 이 서랍 저 서랍을 열고, 술병을 달그락거리고, 컵들을 닦고, 파리를 쫓으며 매우 분주하게 오가기 시작했습니다. 마치 접대해야 할 이 나그네가 온 게 무슨 대단한 사건이라도 되는 듯했습니다. 때때로 이 불행한 여인은 움직임을 멈추고, 이 접대를 끝까지 해낼 수 있을지 생각하며 절망스러운 듯이 머리를 싸쥐었습니다.

그러더니 저 끝에 있는 방으로 갔습니다. 그녀가 커다란 열쇠들을 이리저리 돌려 보며, 문 잠그는 구멍을 마구 닦달하고, 빵 상자를 뒤지고, 한숨을 내쉬고, 먼지를 털고, 접시를 닦는 소리가 들렸습니다. 땅이 꺼지게 내쉬는 한숨 소리, 채 틀어막지 못한 흐느낌 소리도 들렸지요……

이런지 15분이 지나, 내 앞에 건포도 한 접시, 돌덩이만큼이나 딱딱한 보케르의 오래된 빵 한 덩이, 신 포도주 한 병이 놓였습니다.

"자, 여기 있습니다."

그 이상한 존재는 이렇게 말하더니 곧바로 돌아서서 창문 앞, 아까 있던 자리에 다시 가서 섰지요.

술을 마시면서 나는 그의 입에서 얘기를 끌어내려고 애써 보았습니다.

"사람들이 이 집에 자주 안 오지요? 가엾은 아주머니?"

"오! 안 와요, 아저씨. 아무도 생전 안 온답니다……. 이 고장에 우리뿐이었을 때는 달랐어요. 검둥오리들이 날아들 때면 사냥꾼들이 끼니때마다 식사하러 오고, 1년 내내 마차들이 왔답니다……. 하지만 저 집 사람들이 여기 와서 자리 잡은 다음부터는 모든 걸 잃어버렸죠……. 사람들은 건넛집에 가는 걸 더 좋아해요. 우리 집은 너무 쓸쓸하다고 생각들 하죠. 사실 우리 집이 그리 사람들 마음에 들 만한 집은 아니에요. 저도 예쁘지도 않고, 항상 열이 나는 데다, 우리 집 딸 둘은 죽었죠……. 반대로 저 집은, 항상 웃음소리가 나죠. 주인은 아를 여자인데, 미인이고 목에는 금목걸이를 세 겹이나 두르고 있답니다. 그 여자 애인은 마부인데, 마차를 타는 손님들을 그 집에 데려가죠. 게다가 방 치우는 하녀로는 애교 많은 여자들이 잔뜩 있지요……. 그러니 단골로 가지요. 저 집엔 브주스, 르데상, 종키에르의 젊은이들이 다 몰려든답니다. 마부들도 일부러 돌아서라도 저 주막집을 들러 가고요. 저는 온종일 여기 서 있죠. 손님 하나 없이."

그녀는 넋 나간 듯 무감한 목소리로 말하면서, 계속 이마

141

를 유리창에 대고 있었습니다. 틀림없이 건너편 주막집엔 그녀가 골똘히 주목하는 뭔가가 있는 모양이었습니다…….

갑자기 큰길 저편에서, 큰 소란이 일었습니다. 마차가 먼지 속에 흔들렸습니다. 채찍으로 말 때리는 소리, 역마차 끄는 마부가 시끄럽게 떠드는 소리, 아가씨들이 문으로 달려 나오며 크게 외치는 소리가 들렸습니다.

"아디우시아스……! 아디우시아스……!"

그리고 방금 들린 엄청나게 큰 목소리 위로 더 큰 소리가 들렸습니다.

> 은색 병을 들고서
> 물을 뜨러 간다네
> 거기에서는 보이겠지
> 세 명의 기사들이 다가오는 것이…….

이 목소리가 들리자 주막 주인 여자는 온몸을 부르르 떨더니 내게 돌아서며 나지막하게 말했습니다.

"들리세요? 저 목소리가 제 남편이에요. 노래 참 잘하죠?"

나는 화들짝 놀라서 그녀를 바라보았지요.

"뭐라고요? 아주머니 남편분이시라고요! 그럼 남편분도 저 집에 가신단 말입니까?"

그러자 그녀는 속상한 표정으로, 하지만 매우 부드럽게 말했습니다.

"어쩌겠어요? 남자들이란 저런 걸요, 우는 꼴을 보기 싫어하지요. 그런데 저는 딸들이 죽은 뒤로 항상 울죠……. 게다가 늘 사람 하나 없는 이 커다란 집은 너무 쓸쓸하죠. 그래서 가엾은 내 남편 조제는 너무 지루할 때면 건너편에 술을 마시러 가요. 그리고 목청이 좋으니까, 아를 여자가 저 사람에게 노래하라고 시키죠. 쉿! 저 사람 또 노래하네요."

그리고 벌벌 떨면서, 두 손을 앞으로 내밀고 눈물이 줄줄 흘러 한층 더 못생겨 보이는 얼굴로 창문 앞에, 마치 황홀경에 빠진 사람처럼 서서 남편 조제가 아를 여인을 위해 부르는 노랫소리에 귀를 기울이고 있었습니다.

첫 번째 기사가 그녀에게 말했다오.
"안녕, 귀여운 예쁜이!"

퀴퀴냥의 신부

해마다 성촉절(성모를 기리는 축일, 2월 2일)이 되면, 프로방스의 시인들은 아비뇽에서 작고 명랑한 내용의 책을 한 권씩 내는데, 아름다운 시와 예쁜 이야기들이 가득 담긴 책이죠. 올해 나온 그 책이 방금 내게 도착했고, 그 책에서 매력적인 짧은 이야기를 하나 읽게 되어 여러분에게 조금 짧게 줄여 옮겨 드리려고 합니다……. 파리 시민 여러분, 장바구니를 내밀어보시죠. 이번에는 프로방스에서 만든 부드러운 최고급 밀가루를 드릴 테니…….

사제 마르탱은 그러니까……. 퀴퀴냥의 본당 신부였습니다.

더없이 사람 좋고, 솔직하고 퀴퀴냥 사람들을 아버지처럼 사랑했습니다. 만약 퀴퀴냥 사람들이 그를 조금 더 만족시켜 주었더라면 그에게 퀴퀴냥은 지상 천국이 되었을 테죠. 하지만 오호라! 고해소에는 거미줄이 쳐지고, 날씨 좋은 부활절에도 성체로 나누어 줄 제병은 거룩한 성합 안에 그대로 담겨 있었답니다. 착한 사제는 그래서 가슴이 찢어지는 듯했고, 항상 하느님께 올리는 기도는, 부디 산지사방에 흩어진 양 떼를 다시 우리 안으로 데려오기 전에 죽지 않게 해 주십사 하는 것이었지요.

146

그런데, 그 기도를 과연 하느님이 들어주셨는지 지금부터 하는 이야기를 들어 보시죠.

어느 일요일, 복음서 봉독을 마친 마르탱 신부는 강론대로 올라갔습니다. 그는 말했습니다.

"형제 여러분, 잘 믿기지 않으실 테지만, 어느 날 밤, 이 보잘것없는 죄인인 제가 천국의 문 앞에 서 있게 되었습니다. 제가 문을 두드리자 성 베드로가 문을 열어주지 뭡니까!

'아! 오셨군요. 마르탱 신부님. 웬일로 여기까지……? 뭐 도와 드릴 일이 있나요?'

'아름다우신 성 베드로 님, 커다란 심판 명부와 열쇠를 지니신 당신은 제게 알려 주실 수 있겠지요? 제 호기심이 지나친 게 아니라면, 천국에 퀴퀴냥 사람이 몇 명이나 있나요?'

'마르탱 신부님, 신부님이 어떤 부탁을 하신대도 거절하지 않겠습니다. 여기 좀 앉으세요, 앉아서 같이 한번 보자고요.'

그러면서 성 베드로는 커다란 심판 명부를 꺼내어 펼치더니 안경을 쓰지 뭡니까.

'어디 보자……. 퀴퀴냥이라고 했지요. 퀴…… 퀴…… 퀴퀴냥. 여기 있군. 퀴퀴냥……. 마르탱 신부님, 퀴퀴냥이라 적힌 쪽에는 사람 이름이 하나도 없는데요. 단 한 명의 영

혼도……. 칠면조에 가시가 없듯 여기에 퀴퀴냥 사람은 없군요.'

'뭐라고요! 여기 퀴퀴냥 사람이 아무도 없다고요? 한 사람도? 이럴 수가! 좀 더 잘 찾아보시죠…….'

'신부님, 하나도 없습니다. 농담인 것 같으면 어디 직접 한번 보세요.'

'제가요? 원 무슨 말씀을!'

나는 발을 동동 구르고, 두 손을 모으며 제발 불쌍히 여겨 달라고 외쳤지요.

'마르탱 신부님, 내 말 믿으세요. 그렇게 흥분하면 안 됩니다. 충격으로 뇌출혈이 올 수도 있어요. 어쨌든 이건 신부님 잘못이 아닙니다. 신부님 관할의 퀴퀴냥 주민들은요, 분명히 연옥에서 40일간 단련 기간을 보내야 할 겁니다.'

'아! 제발 자비를, 훌륭하신 성 베드로 님! 그들을 제가 만나 보고 위로라도 할 수 있게 해 주십시오.'

'해 드리다마다요……. 자, 얼른 이 샌들을 신으세요. 길 상태가 좋지 않으니까요……. 여기 멀쩡한 샌들이 있습니다……. 이제 앞으로 곧장 걸어가세요. 저기 저 끝에 돌아가는 길 보이나요? 거기 가면 검은 십자가가 촘촘히 박힌 은으로 된 문이 하나 있을 겁니다……. 오른손으로…… 문

을 두드리면, 열릴 겁니다……. 아데시아스!(프로방스 지방의 작별 인사말) 건강과 기운을 잃지 마세요!'

그래서 난 걷고 또 걸었지요! 어찌나 힘들던지! 그 생각만 해도 소름이 끼칩니다. 가시투성이에 벌겋게 달아올라 번쩍대는 숯들과 쉭쉭 거리는 뱀들로 가득한 작은 오솔길을 걸어가니 과연 은으로 된 문이 나오더군요.
'쾅쾅!'
'문 두드리는 사람 누구요?'
잔뜩 쉰 목소리가 언짢은 기색으로 물었습니다.
'퀴퀴냥 마을의 신부입니다.'
'어디라고요?'
'퀴퀴냥요.'
'아, 그래요? 들어와요.'
나는 안으로 들어갔습니다. 키 크고 아름다운 천사가 밤처럼 새까만 날개를 달고, 한낮처럼 빛나는 긴 옷을 입고, 허리띠에는 다이아몬드 열쇠를 달고서 성 베드로가 갖고 있던 것보다 더 두껍고 큰 장부책에 샤샤샥 뭔가를 적고 있었습니다.
'이제 끝났네. 그래, 무슨 일이오? 뭘 도와드릴까요?'

천사가 말했습니다.

'하느님의 아름다운 천사시여, 제가 알고 싶은 건…… 어쩌면 제가 너무 호기심이 강한지도 모릅니다만…… 여기 퀴퀴냥 사람들이 있는지……'

'어디 사람이라고요?'

'퀴퀴냥 사람, 퀴퀴냥 주민들 말입니다. 그들의 본당 신부가 저라고요.'

'아! 마르탱 신부님 맞죠?'

'바로 그렇습니다, 천사님.'

'퀴퀴냥이라고 하셨죠……'

그러면서 천사는 커다란 명부를 펼쳐 이리저리 뒤적였죠. 잘 넘어가게 손가락에 침을 묻혀 가면서요.

'퀴퀴냥이라……'

그가 긴 한숨을 내쉬며 말했어요.

'마르탱 신부님, 연옥에 퀴퀴냥 사람은 하나도 없습니다.'

'오 예수님! 마리아 님! 요셉 님! 연옥에 퀴퀴냥 사람이 하나도 없다고요! 오, 하느님 맙소사! 그럼 다들 어디 있는 거죠?'

'아! 신부님, 천국에 있겠죠. 거기 말고 어디 있겠어요?'

'하지만 제가 방금 천국에서 오는 길입니다.'

'천국에서 오는 길이라고요……? 그런데요?'

'그런데 천국에 없었습니다……. 오, 천사들의 착한 어머니시여!'

'신부님, 그럼 어찌합니까? 사람들이 천국에도 연옥에도 없다면, 천국과 연옥의 중간은 없으니, 그들이 있는 곳은…….'

'이런! 다윗의 자손이신 예수님! 아이고, 그럴 수가 있나요……. 위대하신 성 베드로 님이 거짓말을 하신 걸까요? 하지만 말씀하시고 나서 닭 울음소리도 안 나던걸요! 아, 이런! 불쌍한 우리들! 우리 퀴퀴냥 사람들이 천국에 없다면 저는 어떻게 천국에 갈까요.'

'제 말 잘 들으세요, 마르탱 신부님. 그렇게 무슨 수를 써서라도 확실히 알고 싶고, 어떻게 된 건지를 직접 눈으로 보고 싶으면, 이 길을 따라가십시오. 뛸 수 있으면 뛰어서 빨리 가세요. 그럼 왼쪽에 커다란 문이 보일 겁니다. 거기서 뭐든지 물어보시면 됩니다. 그럼 잘해 보세요! 하느님이 답을 주실 겁니다!'

그러면서 천사는 문을 닫았어요.

벌건 숯이 바닥에 깔린 길고 좁은 오솔길이었죠. 난 술 마신 사람처럼 비틀거리면서 걸어갔어요. 한 걸음 한 걸음 내디딜 때마다 비척댔지요. 땀으로 흠뻑 젖었고, 몸의 털 한 올 한 올마다 땀방울이 맺힐 정도였죠. 그리고 목이 말라 헐떡거렸고……. 그래도 선하신 성 베드로 님께서 빌려주신 샌들 덕분에 발이 타는 건 면했지요.

비틀비틀하면서 헛걸음도 많이 내디디며 가다 보니 왼손 쪽에 문이 하나 있었어요……. 아니 그냥 문이 아니라 커다란 대문, 엄청나게 큰 대문이, 마치 커다란 화덕의 문처럼 활짝 열려 있더군요. 오! 여러분! 이런 광경이! 거기서는 내 이름도 묻지 않았고, 심판 명부 같은 것도 없었어요. 무리지어, 문이 나 있는 공간을 가득 채우며, 형제 여러분, 글쎄 사람들이 꼭 일요일에 무도회장에 들어가듯이 그렇게 들어가고 있지 뭡니까.

난 땀을 뚝뚝 흘리면서도, 오싹 전율을 느꼈지요. 머리털이 쭈뼛 서더군요. 탄내가 나고, 불로 지지는 살냄새, 꼭 우리 퀴퀴냥에서 대장장이 엘루아가 늙은 당나귀 발굽에 편자를 박으려고 달군 쇠로 지지직 지질 때 나는 냄새 같은 그런 냄새가 났어요. 그렇게 매캐한 탄내를 맡으니 숨도 쉴 수 없었죠. 끔찍한 아우성, 신음, 울부짖음, 욕설, 이런 소리가 들렸어요.

'아니! 너는 들어올 거야, 안 들어올 거야?'

뿔 달린 악마가 쇠스랑으로 나를 찍으며 말하더군요.

'저요? 저는 안 들어가죠. 저는 하느님과 친한데요.'

'네가 하느님과 친하다고? 튀! 재주 옴 붙은 놈 같으니! 여기 그럼 왜 왔어?'

'왜 왔냐고요……. 아! 말도 마세요. 더 이상 서서 버티기도 힘드네요……. 저는 말이죠…… 멀리서 왔는데…… 그저 혹시…… 혹시…… 우연히…… 여기 혹시…… 누구…… 퀴퀴냥에서 온 누구…… 없나 여쭤보려고…….'

'아! 천벌 받을 놈! 넌 퀴퀴냥 사람들이 전부 여기 와 있다는 걸 모르는 것처럼 바보 행세를 하고 있군! 못생긴 까마귀 같은 놈아. 자, 봐라! 네가 그렇게 찾는 퀴퀴냥 사람들을 우리가 여기서 어떻게 관리하고 있는지 보여 줄 테니.'

그래서 난 불길이 무시무시하게 회오리처럼 타오르는 한복판에서 보았답니다.

키다리 콕 갈린, 형제 여러분, 다들 아시지요? 늘 술 취해 있고, 가엾은 클레롱에게 그렇게도 자주 호통을 쳐 대던 콕 갈린요…….

카티리네도 보이더군요……. 그 가엾은 작은 매춘부 말입

153

니다……. 코는 비죽 튀어나와 가지고…… 그 코를 앞으로 쑥 내밀고…… 헛간에 혼자 누웠던 그 여자……. 기억나죠, 이 웃기는 양반들아……! 하지만 그만합시다! 내가 지겹게 많이 얘기한 거니까…….

질리앵 씨의 올리브로 기름을 짜던 파스칼 두아드푸아도 봤어요.

이삭 줍는 여인 바베도 있었는데, 이삭을 주우면서 남들보다 잽싸게 곡식단을 묶은 다음 낟가리에서 이삭을 한 움큼씩 꺼내어 따로 챙기곤 했지요.

그라파지 영감도 있었어요. 그 영감님은 끌고 다니던 손수레의 외바퀴를 아주 반질반질하게 기름칠하곤 했지요.

또 자기 우물물을 비싸게 팔아먹던 도핀.

주님의 성체를 모시고 가는 나하고 마주치면 머리에 납작한 모자를 쓰고 입엔 파이프를 문 채로, 지나가는 개 한 마리 보듯 오만방자한 태도로 지나치던 토르티야르.

또 애인 제트하고 함께 있는 쿨로 그리고 자크, 피에르, 토니……."

듣고 있던 신자들은 가슴이 철렁하면서 두려움에 새하얗게 질려, 활짝 열린 지옥에서 누구는 아버지를, 누구는 어머니를, 누구는 할머니를, 누구는 누이동생의 모습을 떠올리며 끙 신음을 내뱉었습니다.

선한 마르탱 신부가 말을 이었습니다.

"형제 여러분, 잘 느꼈겠지요? 이런 일이 더 이어지면 안 된다는 것을……. 나는 준비가 다 되었습니다. 나는 여러분 모두가 머리를 처박고 허우적대고 있는 그 심연에서 여러분들을 구해내고 싶습니다. 내일 바로 착수할 겁니다. 그래요, 바로 내일부터입니다. 그리고 할 일은 많을 겁니다! 저는 이렇게 해 나갈 겁니다. 모든 일이 잘 되려면 매사를 질서 있게 진행해야지요. 우리는 종키에르 마을에서 춤출 때 그랬던 것처럼 행렬을 지어 한 줄 한 줄 나아갈 겁니다.

내일, 월요일은 노인들의 고해성사를 받습니다. 그야 뭐 별일 아니죠.

화요일은 어린이들. 고해성사는 금방 끝나겠죠.

수요일은 남녀 청년들. 이건 길어질 수 있겠네요.

목요일은 어른 남자들. 짧게 끊을 겁니다.

금요일은 여자분들. 전 말할 겁니다. '구구절절 긴 이야기는 사절!'이라고요.

토요일은 방앗간 주인……! 그 한 사람에게만 하루를 온통 할애해도 모자라고요!

만약 일요일에 고해성사가 다 끝난다면 우리는 아주 행복할 겁니다.

아시겠습니까? 여러분, 밀이 다 익으면 베어야지요. 포도주 병을 땄으면 마셔야지요. 더러운 빨래가 쌓이면 빨아야지요. 잘 빨아야지요.

여러분에게 주님의 은총이 내리기를, 아멘!"

말한 대로 실행되었습니다. 그들은 빨래를 세탁했습니다.

기억할 만한 그 일요일 이후로, 퀴퀴냥의 미덕이 내뿜는 향기는 근방 100리까지 풍겼습니다.

선한 목자 마르탱 신부는 행복하고 기쁨에 겨워 어느 날 밤 꿈을 꾸었는데, 자신의 양 떼들이 눈부신 행렬을 이루어 뒤따르는 가운데 수많은 촛불이 켜지고, 향이 자욱이 피어오르고, 어린이 합창단이 〈테 데움〉 성가를 부르는 중에 하느님의 도시로 가는 밝은 길로 자신이 올라가는 꿈이었답니다.

이것이 퀴퀴냥 마을 신부의 이야기, 커다란 건달 같은 루마니유가 다른 친한 친구한테서 들었다면서 여러분에게 들려주라고 했던 그대로 전한 이야기랍니다.

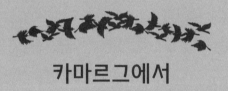

카마르그에서

1. 출발

성안이 떠들썩했습니다. 프랑스어와 프로방스어를 섞어 쓰는 심부름꾼이 전한 사냥터지기의 말에 따르면, 오리와 도요새가 이미 두세 차례 지나갔고 적지 않은 철새들도 지나갔다고 합니다.

"우리와 함께 갑시다."

친절한 이웃들이 내게 쪽지를 전해왔습니다. 그리고 오늘 아침 다섯 시쯤 그들은 총과 개와 음식을 싣고 언덕 밑으로 나를 데리러 왔습니다.

12월의 아침, 이렇게 우리는 조금 황량하고 무미건조해 보이는 아를행 도로를 달리게 되었습니다. 연초록의 올리브나무도 거의 볼 수 없었고 선명한 초록의 떡갈나무 잎새들은 추위 속에서 부자연스러워 보였습니다. 축사들이 부산해질 시간이었습니다. 아직 날이 밝지 않았는데도 농장 창문마다 불이 켜진 걸 보니 사람들이 깨어날 시간인가 봅니다. 몽마주르 수도원의 무너진 돌 틈 사이에서 잠이 덜 깬 흰꼬리수리들이 날개를 퍼덕이고 있었습니다. 이른 시간 긴 성벽을 따라 나귀를 몰고 시장으로 향하는 노파들도 볼 수 있었습니다. 빌데보에서 오는 노파들이었습니다. 산에서 캐온 약

160

초 몇 단을 팔기 위해 이십오 킬로미터를 달려와 생트로핌 시장에 앉아 있는 시간은 고작 한 시간 정도랍니다!

이제 아를의 성벽에 이르렀습니다. 총안이 있는 낮은 성이었습니다. 창 던지는 전사들이 자신의 키보다 낮은 언덕에 서 있는 옛 판화를 보고 있는 듯한 느낌이었습니다. 계속 말을 달려 우리는 프랑스에서 가장 풍광이 아름답다는 소도시를 지났습니다. 온갖 조각들과 격자창으로 장식되어 둥글게 돌출한 발코니들을 볼 수 있는 곳이었습니다. 이곳에서는 이런 발코니들이 좁은 길을 빽빽하게 점령하고 있었습니다. 무어식의 작은 아치문이 달린 검은 옛집들은 기욤 쿠르네와 사라센의 시대를 떠오르게 했습니다.

이 시간에는 아무도 밖에 나와 돌아다니지 않았습니다. 론 강에만 활기가 넘쳤지요. 카마르그로 향하는 증기선이 엔진을 데우고 떠날 준비를 하고 있었습니다. 두꺼운 갈색 양털 옷을 입은 농부들과 농장으로 일을 나가는 라로케트의 여인들이 웃고 떠들며 우리와 함께 갑판에 올랐습니다. 쌀쌀한 아침 공기를 피하려고 두른 갈색 두건 밑으로 아를식으로 높게 빗어 올린 머리가 보였습니다. 이 머리는 우아하고 앙증맞으면서 조금은 뚱해 보여서 한바탕 조롱하거나 심술궂은 장난이라도 치고 싶게 만듭니다. 드디어 종이 울리고

161

배가 출발했습니다. 론강의 물살과 배의 스크루, 그리고 북서풍으로 배의 속도가 세 배로 빨라지면서 강의 양안이 펼쳐졌습니다. 한쪽 기슭엔 척박한 돌투성이의 라 크루 평원이 있었고, 다른 한쪽 기슭엔 낮은 풀들과 갈대로 가득한 늪지가 바다로 이어져 훨씬 푸르러 보이는 카마르그가 펼쳐져 있었습니다.

배는 가끔 강 양쪽에 있는 부교에 멈추곤 했습니다. 중세 아를 왕국 시대에는 강 왼쪽을 '제국', 오른쪽을 '왕국'이라고도 불렀다는데 아직도 론강의 뱃사공들은 그렇게 부른다고 합니다. 배가 멈추는 부교마다 하얀 농가와 작은 숲이 보였습니다. 일꾼들은 연장을 짊어지고 배에서 내렸고, 여인들은 팔에 바구니를 낀 채 허리를 꼿꼿이 세우고 배의 트랩을 내려갔습니다. '제국'과 '왕국'을 오가는 사이 배는 점점 한산해졌고 우리가 내린 마스드지로의 부교에 이르렀을 때는 사람이 거의 남아 있지 않았습니다.

마스드지로는 바르벵탄 영주들의 옛 농장이었는데 그곳에 들어가 우리를 마중 나올 사냥터지기를 기다리기로 했습니다.

농장 부엌에는 농부들과 포도밭 일꾼, 양치기 등 이곳에서 일하는 남자 일꾼들이 한꺼번에 식탁에 모여 앉아 심각한 표정으로 아무 말 없이 느릿느릿 밥을 먹고 있었고 여자들은 식사 시중을 들고 있었습니다. 시중을 드는 여자들은 남자들이 밥을 다 먹은 후에 식사하게 될 것입니다. 이윽고 사냥터지기가 작은 마차를 타고 도착했습니다. 그는 페니모어의 소설 속 인물처럼 땅이나 물 어디서든 사냥을 하고 낚시터와 사냥터의 감시인 역할도 하는 사람이었습니다. 이곳 사람들은 그를 '배회자'라고 불렀습니다. 그가 새벽안개 속이나 해가 저무는 갈대밭에 숨어 있거나 자신의 작은 배에 꼼짝하지 않고 연못과 수로에 쳐 놓은 통발을 감시하고 있는 모습을 어디서나 볼 수 있었기 때문입니다. 감시인이라는 평생의 직업 때문에 그가 그토록 말이 없고 집중력이 뛰어난 것인지도 모르겠습니다. 하지만 총과 바구니들을 가득 실은 작은 마차를 따라가는 동안 그는 우리에게 사냥이며 철새 무리의 숫자, 철새들이 내려앉는 장소 등에 이야기해 주었습니다. 이런 이야기들을 나누며 우리는 마을 깊숙한 곳으로 들어갔습니다.

농경지를 지나 우리는 카마르그의 야생 지대에 도착했습니다. 멀리 초원들 사이로 습지와 운하가 반짝이고 있었습니다. 타마리스크와 갈대 덤불은 조용한 바다 위에 떠 있는 작은 섬 같았습니다. 키 큰 나무는 눈에 띄지 않았고, 광활

163

하게 펼쳐진 초원에 시야를 방해하는 것도 없었습니다. 저 멀리 축사들의 지붕은 땅에 납작하게 붙어 있는 것처럼 보였습니다. 흩어진 가축들은 소금기가 밴 풀을 뜯어 먹거나 붉은 망토를 입고 있는 양치기 주위를 어슬렁거렸습니다. 하지만 이들도 탁 트인 하늘 아래 단조롭게 펼쳐진 푸른 지평선을 방해하지 않았습니다. 아무리 파도가 쳐도 한결같은 바다처럼, 이 평원에서도 거대하고 고독한 기운이 뻗어 나오고 있었습니다. 게다가 아무 장애물도 없이 끊임없이 거친 입김을 토해내는 북서풍이 더욱 평원을 평평하고 광활하게 보이게 했습니다. 바람 앞에서는 모든 것들이 고개를 숙입니다. 그래서 아주 키가 작은 나무들에도 바람의 흔적은 남게 됩니다. 바람으로부터 영원히 벗어나려고 남쪽을 향해 몸을 비틀고 쓰러지면서 말입니다.

2. 오두막

갈대 지붕과 누렇게 마른 갈대로 만든 벽. 이것이 오두막의 모습입니다. 우리의 사냥 집결지이기도 했지요. 카마르그 전통 양식으로 지어 천장이 높고 넓은 방 하나로만 이루어져 있었습니다. 창문이 없어서 해가 있는 동안에는 유리

164

가 달린 문으로 빛이 들어오고, 저녁이면 덧문을 닫아 놓습니다. 흰 석회를 바른 커다란 벽에는 연장걸이가 일렬로 달려 있어서 소총이며 사냥 가방, 늪지에서 신는 장화 등을 걸게 되어 있습니다. 구석에는 진짜 돛대가 땅에 박혀 있고 그 주위로는 대여섯 개의 침대가 늘어서 있습니다. 이 돛대는 지붕까지 닿아 집을 받쳐 주는 역할도 하고 있습니다.

밤에 북동풍이 불어오면 오두막은 여기저기서 삐걱대는 소리를 냅니다. 그렇게 먼바다에서 불어오는 바람 소리를 오래 듣고 있노라면 마치 배의 선실에 누워 있는 듯한 착각에 빠지곤 합니다.

하지만 오두막이 가장 아름다울 때는 뭐니 뭐니 해도 오후입니다. 남쪽 지방 특유의 화창한 겨울이면 나는 타마리스크 둥치들이 연기를 내며 타고 있는 굴뚝 가에서 혼자 시간을 보내곤 했습니다. 그때마다 북서풍이나 북풍이 불어와 문이 흔들리고 갈대들이 바람에 우는 소리를 내곤 했지요. 하지만 이 모든 소동은 나를 에워싸고 벌어지는 자연의 큰 흔들림에 비하면 아주 작은 메아리에 불과합니다. 그 거대한 흐름 속에서 겨울의 햇볕은 빛을 모았다가 다시 흩트리기를 반복합니다. 눈부시게 파란 하늘 아래로 거대한 그림자들이 지나갑니다. 빛은 간격을 두고 불규칙하게 비쳐오고 소리들 또한 그렇습니다. 갑자기 가축들을 불러 모으는 나팔 소리가 들렸다 사라집니다. 그렇게 바람 소리에 묻혔다가 다시 덜컹대는 문소리에 맞춰 멋진 후렴구를 합창합니다.

그 무엇보다 멋진 시간은 사냥꾼들이 돌아오기 직전의 황혼 무렵입니다. 바람이 잠잠해지면 나는 잠시 밖으로 나갑니다. 붉고 커다란 태양이 내려앉으며 열기 없이 불타오르는 시간입니다. 해가 떨어지면 밤의 축축한 검은 날개가 당신 곁을 스치고 지나갑니다. 저기, 지평선 근처에서 총성과 함께 뿜어진 빛이 어둠을 뚫고 붉은 별처럼 반짝이다 사라집니다. 아직 남아 있는 빛 속에서 살아 있는 것들이 갈 길을 서두릅니다. 오리들이 길게 삼각편대를 이루어 땅에 닿을 듯 낮게 날아갑니다. 그러다가 갑자기 오두막에 등불이라도 밝혀지면 오리들은 다시 높이 날아오릅니다. 무리 맨 앞의 오리가 고개를 들어 높이 날아오르면 뒤를 따르던 나머지들도 일제히 거친 울음소리를 내며 높이 솟아오릅니다.

문득 어지러운 발소리가 떨어지는 빗소리처럼 크게 다가옵니다. 겁 많은 수천 마리의 양 떼들이 목동들의 외침과 개들의 감시 속에서 우왕좌왕 숨을 헐떡거리는 소리, 어지러운 발소리를 내며 목장으로 서둘러 돌아오는 것입니다. 나는 양 울음소리와 곱슬곱슬한 양털 무더기에 둘러싸인 채 어쩔 줄 몰라 합니다. 마치 검은 그림자를 드리운 양치기들이 격랑 이는 물살을 타고 넘실넘실 다가오는 것 같습니다. 양 떼들 뒤로 익숙한 발소리와 명랑한 목소리가 들립니다. 곧 오두막은 사람으로 가득 차고 시끌벅적 활기가 넘칩니다. 포도나무 가지가 활활 피어오르고 사람들은 지친 만큼 더 큰 소리로 웃어 댑니다. 총은 구석에 세워 두고 장화는 아무렇게나 벗어 던진 채 빈 사냥 가방 옆에는 갈색, 금색, 초록색, 은색의 피 묻은 깃털들이 놓입니다. 그리고 사람들은 고단함 속의 행복에 빠져듭니다. 이내 식탁이 차려지고 맛있는 뱀장어 수프에서 연기가 올라오면 모두 입을 다뭅니다. 왕성한 식욕이 불러온 커다란 침묵이라고 할까요. 어두운 문 앞에서 밥그릇을 핥아 대는 개들이 사납게 으르렁대는 소리만이 그 침묵을 깰 뿐입니다.

밤은 짧을 것 같습니다. 불 옆에는 사냥터지기와 나만 남았고, 그 사냥터지기마저도 꾸벅꾸벅 졸고 있습니다. 둘이 대화를 나누긴 했지만, 농부들처럼 어색하게 몇 마디를 주고받았을 뿐입니다. 다 타오른 포도나무 가지의 마지막 불꽃처럼 순식간에 사라지는, 인디언의 감탄사 같은 몇 마디였지요. 결국 사냥터지기도 등불을 들고 자리에서 일어났고,

나는 어둠 속에 남아 멀어지는 그의 무거운 발걸음 소리를
가만히 들었습니다.

3. 에스페르

에스페르! 매복, 즉 숨어 있는 사냥꾼의 기대를 가리키는
이 말은 얼마나 아름다운 단어인지요! 정해지지 않은 시간
을 희망하고 기다리고 망설이며 밤낮없이 보낸다는 뜻입니
다. 아침 매복은 해 뜨기 조금 전에, 저녁 매복은 해가 질
무렵에 시작됩니다. 한낮의 햇빛을 오래 품어 주는 늪지가
많은 이 지방에서 나는 저녁 매복을 더 좋아했습니다.

사냥꾼들은 때로 용골도 없고 작은 움직임에도 쉽게 흔들
리는 작고 좁은 배에서 매복해야 합니다. 갈대숲 아래 배
를 깔고 엎드려 오리를 감시하는 겁니다. 보이는 것이라곤
모자와 총부리, 바람 속에 코를 킁킁대다가 덥석 모기들을
잡아채는 개들의 머리뿐이지요. 때로는 이 개들이 큰 발을
내뻗는 바람에 배가 기울며 물이 차오르기도 합니다. 경험
이 없는 내게는 이런 매복이 너무 힘들었습니다.

그래서 나는 보통 허벅지까지 오는 긴 가죽 장화를 신고
진흙탕에 빠질까 두려워하며, 조심스럽고도 느리게 늪 한가

168

운데를 걸으며 '매복'을 하곤 했습니다. 튀어 오르는 개구리들을 피해 찝찔한 냄새 나는 갈대들을 뒤지면서 말입니다.

마침내 타마리스가 가득한 작은 섬에 도착했습니다. 나는 마른 땅 한구석에 자리를 잡았습니다. 사냥터지기는 나를 위해 자기 개를 빌려주었습니다. 피레네에서 온 커다란 개였습니다. 두툼하고 하얀 털을 지녔는데 땅에서나 물에서나 최고의 사냥꾼이었지요. 하지만 이런 개가 곁에 있는 것에 조금은 위압감도 느꼈습니다. 쇠물닭이 내 사정거리 안을 지나치자 개는 눈 위까지 늘어진 귀를 예술가처럼 고갯짓해 넘기더니 나를 비웃듯 쳐다보는 것이었습니다. 그리고 사냥 자세를 취하며 꼬리를 흔드는 모양이 꼭 이렇게 외치는 듯했습니다.

"총을 쏴요……. 어서 총을 쏘라고요!"

하지만 총알은 빗나갔습니다. 그러자 개는 길게 기지개를 켜면서 맥이 빠진다는 듯 건방지게 하품을 하는 것이었습니다.

그래요. 인정합니다. 나는 형편없는 사냥꾼이지요. 하지만 내게 매복이란 해가 지고, 빛이 잦아들고, 잿빛으로 어두워진 하늘이 윤기 나는 은빛의 고운 수면 아래로 숨어드는 그런 시간일 뿐입니다. 나는 물 냄새와 벌레들이 갈대들 틈에서 내는 신비한 바스락거림과 잎사귀들이 가늘게 떨리며 내는 낮은 속삭임을 좋아합니다.

가끔 소라고둥 소리처럼 슬픈 선율이 하늘에 울려 퍼지기도 합니다. 물고기를 잡으러 온 해오라기들이 물속에 커다란 부리를 박고 '부우우우' 소리를 내는 것이지요!

머리 위로 두루미들이 날아갑니다. 깃털 비비는 소리, 매서운 바람 속에 솜털 흐트러지는 소리, 지친 새들의 작은 뼈마디에서 나는 오도독 소리까지도 또렷이 들여왔습니다. 그러다 어느덧 아무 소리도 들리지 않았습니다. 밤이 찾아온 것이지요. 수면 위로 아주 미세한 빛만이 남아 있는 아주 깊은 밤이 말입니다……

갑자기 오한을 느꼈습니다. 등 뒤에 누가 있는 것 같아 등골이 오싹해지는 그런 느낌이었지요. 뒤를 돌아보니 아름다운 밤의 동반자인 달이 보였습니다. 커다란 보름달은 처음엔 빠르게 올라오는 듯하더니 수평선에서 멀어지면서 점점 속도가 느려졌습니다.

어느새 초저녁 달빛이 가까이 비추고 있었습니다. 이어 차차 더 먼 곳까지 나아가더니 이제 늪 전체를 비추고 있었습니다. 풀 한 포기마다 달빛 그늘이 질 정도였지요. 이제 매복은 끝났습니다. 새들이 우리를 볼 수 있으니까요. 집으로 돌아가야겠습니다.

먼지처럼 가볍게 쏟아져 내리는 푸른 달빛의 홍수 속을 우리는 걸어갔습니다. 각자의 발길이 늪과 운하에 담길 때마다 물 위로 떨어져 내린 별 무리와 가장 깊은 곳에 잠겨 있던 달빛이 흔들리고 있었습니다.

4. 적과 백

우리와 아주 가까운 곳에, 그러니까 우리 오두막에서 총을 쏘면 닿는 거리에 우리 것과 비슷하지만 더 소박한 오두막이 한 채 있습니다. 사냥터지기와 그의 아내가 장성한 아이 둘과 함께 사는 집입니다.

딸은 남자들을 위해 식사를 만들고 어망을 수리하는 일을 하고, 아들은 아버지를 도와 물에 드리워놓은 낚싯줄들을 살피고 연못의 수문을 지킵니다.

이들보다 어린 다른 두 자식은 할머니와 함께 아를에 살고 있습니다. 그 아이들은 글을 배우고 첫 영성체를 받을 때까지 그곳에서 할머니와 함께 살 예정입니다. 오두막이 있는 곳은 교회나 학교에서 너무 멀리 떨어져 있는 데다 카마르그의 공기가 아이들에게는 좋지 않기 때문입니다.

171

사실 여름이 되어 습지가 건조해지고 운하의 하얀 진흙이 뜨거운 열기 속에서 쩍쩍 갈라질 때면, 이 섬은 정말 사람이 살기 어려운 곳이 되어버립니다. 나는 8월에 어린 야생 오리를 사냥하러 왔다가 그런 광경을 한 번 보았습니다.

태양 빛에 완전히 타버린 땅의 그 우울한 흉포함을 나는 영원히 잊지 못할 겁니다. 가마솥처럼 커다란 태양 아래에서 연못들이 증기를 내뿜고 있었고, 연못 바닥에는 도롱뇽, 거미, 파리 같은 생물들이 아직 살아남아 꿈틀거리며 물기 있는 곳을 찾고 있었습니다.

그 모든 것들 위로 흑사병과도 같은 공기가 떠다녔습니다. 증기를 내뿜고 있던 그 두꺼운 몸에 해로운 안개를 더욱 두껍게 만들고 있는 것은 소용돌이치는 구름처럼 모여 있는 수많은 모기였습니다.

그때 사냥터지기의 집에 있던 사람들은 모두 열병에 걸려 몸을 부들부들 떨고 있었습니다. 열병에 걸린 몸을 따스하게 해주기보다는 아예 태워버리는 그 무자비한 태양 아래에서 꼬박 3개월을 살아야 하는 저주를 뒤집어쓴 불행한 사람들의 누렇게 뜬 여윈 얼굴과 거무스름하게 변해버린 눈가에 움푹 패어 더 크게 보이는 눈은 정말 보기에 안쓰러웠습니다……

카마르그에 사는 사냥터지기의 삶은 정말 얼마나 슬프고 고통스러운 것인지요! 그래도 우리 사냥터지기는 아내와 자식들과 함께 살고 있습니다. 반면 20리 떨어진 습지에 사는 목동은 마치 무인도에 있는 것처럼 혼자서 외롭게 살고 있습니다.

그가 갈대로 직접 지은 오두막 안에는 버들가지를 꼬아서 만든 해먹과 검은색 돌로 만든 벽난로, 그리고 위성류의 뿌리를 깎아 만든 의자에서부터 이 이상한 집의 문을 잠글 때 쓰이는 하얀 나무로 된 열쇠와 자물쇠에 이르기까지 그가 직접 만들지 않은 물건이 하나도 없습니다.

그 사람 또한 자기가 사는 집만큼이나 기묘합니다. 그는 마치 철학자처럼 보입니다. 그는 고독한 사람들이 늘 그렇듯이 침묵을 지키며 짙은 눈썹 밑에 농부다운 조심성을 감추고 있습니다.

그는 말들이 풀을 뜯는 목초지에 있지 않을 때는 자기 집 문 앞에 앉아 말들에게 먹이는 약의 포장지로 쓰인 분홍색, 파란색, 노란색의 팸플릿을 마치 아이처럼 집중해서 들여다보며 천천히 수수께끼를 풀 듯 읽고 있습니다. 이 불쌍한 친구에게는 글을 읽는 것 말고는 달리 여가를 보낼 방법이 없습니다. 우리 사냥터지기와 이 목동은 이웃인데도 서로 만나지 않습니다.

심지어 만나는 것을 피하기까지 합니다. 어느 날 나는 사냥터지기에게 두 사람이 서로에게 왜 그렇게 반감을 느끼고 있는지 물어보았습니다. 그는 심각한 표정으로 이렇게 대답했습니다.

"우린 의견이 다르기 때문이죠……. 그 친구는 빨갛고, 저는 하얗거든요."*

이처럼 황량하고 고독한 곳에서도, 고독 때문에 마땅히 서로 친해져야 할 이 두 사람은 서로 똑같이 소박하고 배운 것이 없는 사람들인데도 마치 테오크리토스의 이야기에 나오는 소몰이꾼들처럼 도시에 나가는 것이 1년에 한 번도 채 되지 않고 아를의 카페에 걸려 있는 금박을 입힌 거울을 보며 프톨레마이오스의 궁전을 보듯 넋을 잃을 이 두 사람은, 정치적 신념을 핑계로 서로를 미워할 핑계를 찾아낸 것입니다!

5. 바카레스 호수

카마르그에서 가장 아름다운 곳은 다름 아닌 바카레스 호수입니다. 이따금 나는 사냥을 포기하고 소금기 있는 호숫

174

가에 앉아있곤 했습니다. 너른 바다의 일부를 떼어다 옮겨 놓은 듯한 호수인데, 육지에 둘러싸여 있어 더 친밀감이 느껴집니다. 우울한 느낌을 주는 여느 해안가의 건조함이나 척박함과 달리, 조금 높은 곳에 있는 이곳 호숫가는 가늘고 부드러운 잔디로 덮여 있고, 게다가 아름답고 특이한 꽃들도 지천으로 피어 있습니다. 수레국화, 클로버, 용담, 그리고 겨울에는 파랑 여름에는 빨강으로 기온에 따라 색을 바꾸고 계절에 맞춰 꽃을 피우는 예쁜 야생화들로 가득하답니다.

오후 다섯 시, 해가 질 무렵이면 시야를 가리거나 수평선을 흐트러뜨리는 거룻배나 돛단배 한 척 없이 십이 킬로미터 길이로 펼쳐진 호수가 감탄을 자아냅니다. 조금만 밟아도 물이 배어 나오는 진흙땅으로 이루어진 늪이나 운하들이 친밀감을 준다면 이곳 호수는 크고 광활한 느낌을 줍니다.

멀리서 파도가 검둥오리, 왜가리, 일락해오라기, 그리고 흰 배에 분홍빛 날개를 펼친 홍학의 무리를 이끌고 반짝이며 다가옵니다. 물고기를 잡으려고 호숫가에 길게 늘어선 모습이 형형색색의 기다란 띠처럼 보입니다. 그리고 거기엔 따오기가! 진짜 이집트산 따오기가 찬란한 햇빛이 주는 조용

175

한 풍광을 제집처럼 편안히 즐기고 있습니다. 내가 있는 곳에서는 물결 출렁이는 소리와 목동이 물가에 흩어져 있는 말들을 불러 모으는 소리밖에 들리지 않습니다. 말들은 모두 대단한 이름들을 가지고 있습니다. "루시퍼! 에스텔로! 에스투르넬로!" 자기 이름이 불린 말들은 갈기를 바람에 휘날리며 뛰어와 목동의 손에 있는 귀리를 먹어 댑니다.

 좀 더 먼 강가에는 헤아릴 수 없이 많은 소 떼들이 말들처럼 자유롭게 풀을 뜯고 있습니다. 간혹 타마리스 덤불 위로 소의 굽은 등과 막 자라기 시작한 뿔이 보이기도 합니다. 카마르그에 있는 대부분의 소는 마을 축제인 낙인제에 나가기 위해 시합용으로 길러집니다. 벌써 프로방스와 랑그도크의 투우장에서 유명해진 녀석들도 있었지요. 가까이 소 떼 중에 '로맹'이라는 사나운 투우소가 있는데 이 소가 벌써 아를과 님, 타라콩의 투우장에서 쓰러뜨린 사람과 말들만 해도 수를 헤아릴 수 없을 정도입니다. 그래서 다른 무리의 소들도 로맹을 우두머리로 떠받듭니다. 이 특별한 무리 사이에도 '자치'라는 게 있어서 선택된 한 마리의 늙은 황소를 지도자로 삼아 무리를 짓는 것입니다. 여러분들도 보았더라면! 카마르그에 폭풍우가 몰아칠 때, 막거나 피할 것 하나 없는 이 광대한 초원에서 지도자를 중심으로 모인 소들이 널따란 이마에 잔뜩 힘을 주고 고개를 숙인 채 바람에 맞서는 장면을 말입니다. 프로방스의 목동들은 이 모습을 프로방스어로 '비라 라 바노 오 지스클' 즉 '뿔로 바람맞기'라고 부릅니다. 여기 참여하지 않는 소는 불행한 일을 당하게 된다고 합니다! 폭풍우에 당황한 소들이 도망쳐 달리다가 눈 앞을 가리는 비에 길을 잃고 론강이나 바카레스 호수 또는 바다로 뛰어들곤 하기 때문입니다.

*빨간색은 공화파, 흰색은 왕당파를 의미한다.

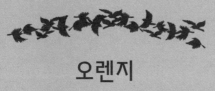

오렌지

- 판타지

파리에서는 오렌지들이 슬픈 표정을 짓고 있습니다. 바람에 날려 가지에서 떨어진 과일들처럼 말입니다. 오렌지가 사람들의 앞에 모습을 드러내는 차갑고 축축한 한겨울에 오렌지는 눈부신 색깔의 껍질과 향기(이 향기는 더 부드러운 향기에 익숙해 있는 지방에서는 약간 과장되게 받아들여지는 것 같습니다) 때문에 약간은 방랑자 같기도 한 이국적인 느낌을 줍니다.

안개 낀 저녁에 오렌지는 작은 손수레에 실려 붉은 종이로 둘러싼 등불의 희미한 불빛을 받으며 인도의 가장자리를 슬프게 지나갑니다. 그리고 그들과 함께 마차 바퀴의 소음에 가려 들리지도 않는 가늘고 단조로운 외침이 들려옵니다.

"발렌시아산 오렌지가 두 푼이오!"

파리 사람들 4분의 3은 아무 특징도 없는 둥그런 모양에 수확할 때 딸려온 초록색 이파리가 아주 조금 붙어 있는 이 먼 나라의 과일을 일종의 사탕 과자처럼 생각합니다.

오렌지를 얇은 종이로 싸놓은 모양과 축하할 일이 있을 때 오렌지를 먹는 관습 때문에 이런 생각을 하게 된 것입니다. 특히 1월 초에는 수천 개의 오렌지를 거리 여기저기에서 볼 수 있고, 개울의 진흙 속에는 오렌지 껍질이 굴러다닙니다.

이 광경을 보면 거대한 크리스마스트리가 몸을 흔들어 그 인공적인 열매들을 파리에 뿌려놓은 것 같다고 생각하게 됩니다. 어디를 둘러보아도 오렌지를 볼 수 있습니다.

불이 켜진 가게의 진열장에는 주인들이 올려놓은 오렌지가 있습니다. 교도소와 병원의 문밖에는 비스킷과 사과 더미들 사이에 오렌지가 있습니다. 무도회장의 입구와 일요일에 공연이 열리는 공연장 입구에도 오렌지가 있습니다.

가스 냄새, 바이올린 소리, 극장 복도의 먼지들 속에 오렌지의 그 절묘한 냄새가 섞여 있습니다. 이 모든 것이 오렌지가 오렌지 나무에서 생겨난 것이라는 사실을 잊어버리게 만듭니다.

오렌지는 불룩한 포장 상자에 싸인 채로 남쪽에서 곧바로 우리가 있는 곳으로 운반되는 데다가, 오렌지 나무는 가지치기를 해서 변형된 모습으로 온실에서 나와 공원에 잠깐 모습을 보이는 것이 전부이기 때문입니다.

오렌지가 무엇인지를 정말로 알기 위해서는 오렌지의 진정한 고향인 발레아레스 군도, 사르데냐섬, 코르시카섬, 알제리, 지중해의 따스한 대기와 금색, 청색이 어우러진 공기 속에서 그걸 보아야 합니다.

181

블리다의 문밖에 있던 작은 오렌지 숲이 생각납니다. 오렌지가 가장 아름답게 보이는 곳이 바로 그런 곳입니다! 짙은 색으로 광택이 나는 나무 이파리들 사이에서 오렌지는 스테인드글라스처럼 생생하고 눈부셔서 꽃들을 감싸고 있는 오렌지의 그 화려한 후광에 의해 주위 공기까지도 황금색이 되어 있었습니다.

여기저기 가지 사이로는 작은 도시의 성벽, 이슬람 사원의 탑, 성당의 둥근 지붕이 보였습니다. 그리고 그 모든 것들 위로 거대한 아틀라스산맥이 솟아 있었습니다. 아래쪽은 초록색을 띠고 있고 정상에는 하얀색 모피로 만든 덮개처럼 눈이 쌓여 있었습니다. 그 하얀색 모피의 군데군데에 털이 곱슬곱슬해진 것처럼 보이는 부분은 새로 눈이 내려 쌓인 곳이었습니다.

내가 그곳에서 머물던 어느 날 밤에 30년 동안 사람들이 접해보지 못했던 설명할 수 없는 현상으로 인해 이 차가운 겨울의 눈이 잠자는 마을로 내려와, 사람들이 잠에서 깨어날 무렵에는 블리다 시가 가루 같은 하얀색 눈에 뒤덮인 모습으로 변해버린 적이 있었습니다. 알제리에서는 너무나 드문 이 순수한 공기 속에서 눈은 마치 진주 가루처럼 보였습니다. 그리고 하얀 공작새 깃털처럼 광택이 흘렀습니다.

가장 아름다운 것은 오렌지 나무숲이었습니다. 오렌지 나무의 단단한 이파리들은 옻칠한 접시 위에 놓은 아이스크림처럼 단단하게 쌓인 눈을 전혀 손상되지 않은 모습으로 담고 있었습니다. 그리고 차가운 눈이 가루처럼 뿌려진 오렌지들은 하얀 비단으로 된 베일 밑의 황금처럼 눈이 부실 정도로 매끈한 모습으로 전혀 눈에 거슬리지 않는 광채를 내고 있었습니다. 그 광경을 보니 왠지 교회의 축제 같은 느낌, 성직자들이 입는 레이스로 된 제의 밑의 빨간색 사제복, 레이스가 덮여 있는 금박 입힌 제단이 생각났습니다.

하지만 오렌지에 대한 나의 가장 소중한 기억은 아작시오 근처에 있는 바르비칼리아 공원에서 얻은 것입니다. 나는 뜨거운 한낮에 이 공원으로 낮잠을 즐기러 가곤 했습니다. 블리다의 오렌지 나무보다 더 키가 크고, 더 널찍한 간격을 두고서 심어진 이곳의 오렌지나무들은 겨우 울타리 하나와 도랑 하나로 이 공원과 분리된 도로에까지 늘어서 있었습니다. 바로 그 뒤에는 바다가 있었습니다. 거대하고 푸른 바다가……

그 공원에서 나는 얼마나 행복한 시간을 보냈는지요! 내 머리 위에서는 꽃이 활짝 피고 열매가 달린 오렌지 나무들이 타는 듯 뜨거운 열기 속에서 그 향내의 순수한 본질을 가다듬고 있었습니다.

간혹 잘 익은 오렌지 하나가 마치 열기 때문에 무거워진 것처럼 갑자기 나무에서 둔탁한 소리를 내며 내 근처의 땅으로 떨어질 때도 있었습니다. 나는 그저 손을 뻗기만 하면 되었습니다. 자주색에 가까운 빨간색 속살을 가진 그 오렌지들은 최고의 과일이었습니다. 내게는 그들이 너무나 훌륭하게 보였습니다.

게다가 수평선은 또 얼마나 아름다웠는지요! 이파리들 사이로 눈부신 푸른 바다가 보였습니다. 아지랑이가 낀 공기 속에서 깨진 유리 조각들이 반짝이고 있는 것 같았습니다. 사방의 공기는 온통 파도의 움직임과 중얼거리는 듯한 리듬으로 가득 차 있었습니다. 파도의 리듬은 마치 눈에 보이지 않는 배를 타고 파도를 따라 오르락내리락하고 있는 것처럼 사람들을 달래주었습니다. 그리고 그 열기……. 그리고 오렌지 향기……. 아, 그렇습니다. 바르비칼리아 공원에서 잠을 자는 것이 정말 얼마나 좋았던지요!

하지만 나는 간혹 아주 달게 낮잠을 자다가 둥둥 북을 두드리는 소리 때문에 깜짝 놀라서 깨어나곤 했습니다. 아래쪽의 도로로 연습하러 온 못된 아마추어 연주자들이었습니다. 울타리에 난 구멍을 통해서 나는 북의 놋쇠 장식과 빨간색 바지 위에 하얀색 앞치마를 두른 사람들을 보았습니다.

 길 위의 하얀색 먼지가 무심하게 반사되어 눈이 부실까 봐 가엾은 사람들은 울타리가 좁은 그늘을 드리우고 있는 공원 발치로 오곤 했습니다. 그리고서 북을 두들겨댔습니다! 게다가 그들은 매우 열심이었습니다!

 나는 정신을 몽롱하게 만드는 졸음을 억지로 털어버리면서 내 손과 가까운 곳에 매달려 있는 예쁜 황적색 오렌지 몇 개를 그들에게 던지며 즐거워하곤 했습니다. 그렇게 오렌지를 받은 북 연주가는 연주를 멈췄습니다. 그리고 한순간 쭈뼛거리면서 자기 앞에 굴러다니는 그 훌륭한 오렌지가 어디서 날아온 것인지 알아보려고 주위를 두리번거리곤 했습니다. 하지만 그러다가 곧장 오렌지를 집어 껍질도 까지 않고 크게 한입 베어 무는 것이 보통이었습니다.

 바르비칼리아 바로 옆에 낮은 담 하나로 분리된 약간 이상한 작은 정원이 있던 것도 생각납니다. 내가 있던 곳이 약간 높은 곳이었기 때문에 나는 그 정원을 들여다볼 수 있었습니다. 그 정원은 아주 평범한 작은 정원이었습니다. 모래가 덮인 노란색 오솔길 가장자리에는 짙은 초록색 회양목들이 심겨 있었고, 입구에는 사이프러스 두 그루가 서 있어서 마르세유 근처에서 볼 수 있는 시골집 정원 같은 분위기를 냈습니다.

그리고 정원 한쪽 끝에는 마치 포도주 창고의 환기구처럼 생긴 것이 지면과 같은 높이에 설치된 하얀색 석조 건물이 있었습니다. 처음에 나는 그 건물이 집이라고 생각했습니다. 하지만 좀 더 자세히 살펴보니 지붕 위에는 십자가가 있고, 내가 있는 곳에서 읽을 수는 없지만, 형태를 알아볼 수는 있는 문자들이 돌 위에 새겨져 있었습니다. 그래서 나는 그 건물이 코르시카의 가족묘라는 것을 알 수 있었습니다.

아작시오 일대에는 정원이 있는 이런 작은 추모용 소성당들이 많이 있습니다. 일요일마다 가족들이 죽은 사람들을 찾아 이곳으로 오지요. 여기서 보면 무덤들이 혼란스럽게 들어차 있는 공동묘지보다 죽음이 덜 무섭게 느껴집니다. 묘지를 찾아온 친구들의 발소리만이 침묵을 깨뜨릴 뿐입니다.

내가 있는 곳에서 보면 마음씨 좋게 생긴 노인 하나가 그 정원의 오솔길을 따라 차분하게 종종걸음을 치는 모습이 자주 보였습니다. 그는 온종일 나무들의 가지를 잘라주고, 물을 뿌려주고, 시들어버린 꽃들을 조심스럽게 떼어냈습니다. 해 질 무렵이 되면 그는 세상을 떠난 가족들이 잠자고 있는 작은 예배당 안으로 들어갔습니다. 그리고 삽, 갈퀴, 커다란 물뿌리개 등을 다시 제자리에 놓아두었습니다.

 이런 일을 할 때 그의 태도는 항상 묘지 정원사처럼 침착하고 고요했습니다. 그는 또한 자신도 모르게 일종의 경외심을 품은 것 같은 태도로 일했습니다. 그는 온갖 소리를 죽이고, 납골당의 문을 매번 아주 조심스럽게 닫았습니다. 마치 누군가의 잠을 깨울까 봐 걱정되는 것처럼 말입니다. 묘지의 위대하고 찬란한 침묵 속에서 이 작은 정원을 돌보는 그의 손길은 새들에게도 전혀 방해되지 않았으며, 거기에는 슬픔이라고는 조금도 묻어 있지 않았습니다. 그의 모습을 보면서 오로지 바다가 더 넓어 보이고, 하늘이 더 높아 보였을 뿐입니다. 그리고 언제나 들떠있고, 언제나 의기양양한 자연의 생명력 한가운데서 죽은 자들이 즐기고 있는 끝없는 낮잠은 영원한 안식이라는 느낌을 사방으로 발산하고 있었습니다.

메뚜기 떼

알제리의 회고담 하나만 더 얘기하고 그다음엔 풍차 방앗간으로 되돌아갑시다……

사헬의 그 농가에 도착하던 날 밤, 나는 잠을 이룰 수가 없었습니다. 새로운 고장, 여행의 부산스러움, 자칼들 울부짖는 소리, 게다가 짜증 나게 덮쳐 오는 더위, 마치 모기장 그물이 바람 한 점 들어올 틈 없이 막혔기라도 한 양 완벽한 숨 막힘……. 새벽에 내 방 창문을 열자 텁텁한 여름 안개가 누가 휘젓기라도 하는 듯 서서히 움직이며, 가장자리가 검고 불그스레하게 물든 채로 전쟁터의 뿌연 포연처럼 공중에 떠돌고 있었습니다. 움직이는 나뭇잎 하나 없었고, 내다보이는 아름다운 정원에는, 볕 잘 드는 비탈에 듬성듬성 심긴 단 포도주의 원료가 되는 포도나무들, 그늘진 한구석에 바람막이가 되게끔 서 있는 유럽산 과일나무들, 작은 오렌지 나무들, 아주 작은 줄을 지어 길게 늘어선 귤나무들이 모두가 하나같이 활기 없는 모습으로, 폭풍우를 기다리는 잎새들처럼 부동자세를 하고 있었지요. 바나나 나무들도, 바람결에 쏠리며 가볍고 가느다란 머리카락을 흩날리는 연녹색 키다리 갈대들도 마치 규칙적인 깃털 장식처럼 소리 없이 곧추서 있었습니다.

나는 잠시 이 놀라운 농장 모습을, 제가끔 제철이면 다른 고장에 옮겨져서도 꽃피우고 열매를 맺는, 세상의 모든 나무가 모여 있는 모습을 바라보았습니다. 숨 막히는 아침나절에, 보리밭과 코르크 떡갈나무들이 자라는 고원들 사이로 한 줄기 물길이 반짝이며 흘러, 바라보기만 해도 시원한 기분이 들었습니다. 이런 것들의 호사와 질서 그리고 무어식 아케이드를 갖춘 이 아름다운 농원, 새벽빛을 받아 새하얀 테라스, 그 주위로 끼리끼리 모여 있는 외양간과 헛간들을 보고 감탄하면서도, 20년 전 이 용감한 사람들이 사헬의 이 작은 골짜기에 살러 왔을 때는 길 닦는 인부들이 거처하는 형편없이 허술한 오막살이 한 채와 땅딸막한 종려나무와 유향나무들이 비죽비죽 솟아난 한 뙈기의 불모지밖에 못 봤겠구나 하는 생각이 들었습니다. 전부 앞으로 만들어 나갈 것, 새로 지어야 할 것투성이였겠죠. 시시때때로 아랍인들이 들고일어났습니다. 밭 갈던 보습을 손에서 놓고 총을 쏘아야 했습니다. 그다음에는 역병, 안질, 열병, 흉작, 경험 부족에서 오는 암중모색, 편협하고 아직 자리 잡히지 않은 행정 당국과 싸움. 얼마나 애를 썼을까요! 얼마나 피곤했을까요! 얼마나 끊임없이 지켜보았을까요!

지금도, 이제 힘든 시절은 끝나고 그렇게 소중한 재산을 모았는데도, 주인 내외는 이 농장에서 제일 먼저 일어나는 사람이었습니다. 이렇게 이른 아침 시간에도 이들이 1층의 커다란 부엌에서 왔다 갔다 하면서 일하는 사람들이 마실 커피를 챙기는 소리가 들렸습니다. 곧 종이 울리고 조금 있으니 일꾼들이 큰길에 줄지어 걸어갔습니다. 부르고뉴에서 온 포도밭 일꾼들, 남루한 옷을 걸치고 붉은 술이 달린 챙 없는 모자를 쓴 카빌의 밭농사 일꾼들, 맨다리를 드러낸 마옹섬 출신의 토목 공사 인부들, 몰타섬 사람들, 뤼크섬 사람들, 다루기 쉽지 않은 각양각색의 사람들. 그들 각자에게 농장 주인 남자는 문 앞에서 짧고 다소 거친 음성으로 그날 할 일을 분배했습니다. 지시를 마치자 이 씩씩한 남자는 고개를 들어 걱정스러운 모습으로 하늘을 살피더니 창문에 내가 있는 것을 보자 말했습니다.

"밭일하기엔 안 좋은 날씨군요. 시로코가 불어오네요."

아닌 게 아니라, 해가 떠오르면서 타는 듯 뜨겁고 숨 막히는 돌풍이 마치 화덕 문을 열었다가 다시 닫은 것처럼 남쪽에서 우리 쪽으로 훅훅 끼쳐 왔습니다. 몸을 어디다 두어야 할지, 어떻게 될지 아무도 모를 노릇이었지요. 아침나절이 이렇게 다 지나갔습니다. 우리는 말할 용기도 움직일 엄두도 못 내고 회랑의 돗자리에 앉아 커피를 마셨습니다. 타일 바닥의 시원함을 찾아 몸을 길게 뻗은 개들이 파김치가 된

192

자세로 늘어져 있었습니다. 점심을 먹고 나서 우리는 조금 기운을 차렸습니다. 잉어, 송어, 멧돼지, 고슴도치, 스타웰리산 버터, 크레이산 포도주, 구아버, 바나나 등, 주변의 그토록 복합적인 자연과 똑 닮은 이국적인 음식들이었습니다. 우리가 식탁에서 막 일어서려 할 때였습니다. 갑자기, 화덕처럼 달구어진 정원의 더위로부터 우리를 보호하기 위해 닫혀 있던 창문 겸 문에서 고함 소리가 났지요.

"메뚜기다! 메뚜기!"

이 소리에 집주인은 천재지변 경보라도 들은 사람처럼 새하얗게 질렸고, 우리는 허겁지겁 밖으로 나갔습니다. 10분간, 방금 그렇게 고요하던 이 집에서는 서둘러 뛰어가는 발소리, 이 소리에 파묻힌 막 깨어나 술렁거리는 소리가 서로 분간이 되지 않으며 일어났습니다. 하인들은 문간 그늘 속에서 잠에 빠져 있다가 튀어나와 방망이, 쇠스랑, 도리깨, 닥치는 대로 손에 잡히는 온갖 철제 물건들, 구리 냄비, 찜통, 프라이팬 등을 들고 챙챙 부딪는 소리를 내면서 밖으로 뛰어나갔습니다. 양치기들은 양들을 불러 모으는 나팔을 불어 댔지요. 또 어떤 사람들은 바다의 소라고둥, 사냥 때 쓰는 뿔피리를 가지고 나갔습니다. 그러느라 어마어마하고 귀에 거슬리는 소음이 한바탕 일었는데, 그중에도 이웃 천막에서 달려온 아랍 여인들이 새된 소리로 "유! 유! 유!"하는 것이 가장 크게 들려왔습니다. 종종 큰 소리를 내고 공중에서 퍼드덕퍼드덕 떠는 소리를 내기만 하면 메뚜기 떼를 멀리 쫓아 버리고 그것들이 내려앉지 못하게 할 수 있는 모양이었습니다.

그런데 이 무시무시한 곤충들은 대체 어디 있었던 걸까요? 더위로 파들파들 떨리는 듯한 하늘에서, 구름 한 점이 구릿빛으로 빽빽하게, 마치 우박을 쏟아내는 구름처럼 숲의 수많은 나뭇가지 속에서 폭풍 같은 소리를 내며 지평선으로 몰려오는 것만 같아 보였습니다. 메뚜기 떼였습니다. 메뚜기 떼는 바짝 마른 날개를 활짝 펴서 서로서로 지탱하며 한 덩어리로 날고 있었고, 우리가 소리를 지르고 온갖 애를 써도 메뚜기 구름은 여전히 앞으로 다가와 들판에 엄청난 그림자를 드리웠습니다. 곧 그 구름은 우리 머리 위까지 왔지요. 구름의 가장자리가 일순간 쫙 찢어지며 풀어 헤쳐지는 모습이 보였습니다. 우박을 동반한 소나기가 쏟아질 때 처음 몇 방울이 그렇듯이, 뚜렷하고 불그스레한 메뚜기들이 그 구름에서 떨어져 나왔습니다. 그러더니 구름장 전체에 구멍이 뚫렸고, 곤충 우박이 억수같이, 큰 소리를 내며 떨어져 내렸습니다. 밭에서 눈길 닿는 곳이란 곳은 모조리 메뚜기로 뒤덮였는데, 엄청나게 커다랗고 손가락만큼 굵직했습니다.

그러자 일대 학살이 시작되었지요. 메뚜기를 밟아 죽이는 끔찍한 소리, 밀짚이 으깨어지는 소리……. 쇠스랑, 곡괭이, 쟁기로 사람들은 이 움직움직하는 땅바닥을 마구 헤집어 댔습니다. 그런데 메뚜기는 죽이면 죽일수록 그 수가 더 많아졌습니다. 그것들은 층을 지어, 앞다리들이 서로 얽힌 채로 굼실댔습니다. 위쪽에 있는 것들은 절망에 겨워 펄쩍 튀어 오르고, 이 기이한 밭 갈기 작업을 위해 수레에 매달린 말들의 코앞에까지 뛰어올랐습니다. 농가의 개들도 메뚜기 떼를 향해 달려들어 미친 듯 밟아댔습니다. 이때, 알제리 저격병 두 중대가 머리에 나팔을 매달고 불행한 농장주들을 도우러 나타나자, 학살의 면모가 달라졌습니다.

메뚜기들을 밟아 죽이지 않고 병사들은 화약을 길게 뿌려 불태워 죽였습니다.

죽이는데도 지치고 고약한 냄새가 역겹기도 하여 나는 집으로 들어왔습니다. 농가 안에도 거의 바깥만큼이나 많은 메뚜기가 있었습니다. 열린 문과 창문 틈으로, 굴뚝 구멍으로 들어온 것이지요. 목제 가구 가장자리에, 커튼들 속에 메뚜기들이 돌아다니고, 아래로 뚝뚝 떨어지고, 날아다니고,

흰 벽 위로 기어올라 거대한 그림자를 만들어서 더욱더 추해 보였습니다. 게다가 여전히 그 끔찍한 냄새가 풍기더군요. 저녁때는 물도 없이 식사를 해야만 했습니다. 저수통, 양푼, 우물, 수조, 모든 게 메뚜기로 오염되었던 겁니다. 저녁때 내 침실에서는 이미 숱하게 잡아 죽였는데도 가구 밑에 그것들이 우글대는 소리가 여전히 났고, 마치 한더위에 콩깍지가 저절로 터지듯 타닥타닥 메뚜기 소리가 들렸습니다. 그날 밤에도 난 잠을 잘 수 없었습니다. 나뿐 아니라 농가 주변에 사는 사람들은 모조리 깨어 있었지요. 들판 바닥이 끝에서 저 끝까지 불길이 빠른 속도로 화르륵 타들어 갔습니다. 저격병들이 여전히 메뚜기를 죽이고 있었던 겁니다.

다음 날, 전날처럼 내 방 창문을 열었을 때, 메뚜기들은 이미 사라지고 없었습니다. 하지만 그것들이 떠나면서 뒤에 어떤 폐허를 남겼던지요! 꽃 한 송이, 풀 한 포기 없었고 모든 게 시커멓고, 갉아 먹힌 자리투성이고, 검게 타 있었습니다. 바나나 나무, 살구나무, 배나무, 귤나무들은 잎이 다 떨어져 헐벗은 가지들만으로 구분해야 할 정도였지요. 마음을 끄는 아름다움도, 나무의 생명이라 할 잎새의 한들거림도 없었습니다. 사람들이 우물, 저수통을 청소하고 있었습니다. 사방에서 농사꾼들이 메뚜기알을 죽이려고 땅에 움푹

골을 파고, 흙덩이 하나하나를 다 뒤엎어 주의 깊게 깨부수었습니다. 수천 개의 흰 뿌리들 속에 수액이 가득 찬 기름졌던 땅이 이렇게 엉망이 되어 뒤집힌 것을 보자니 가슴이 먹먹했습니다……

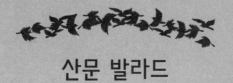

산문 발라드

오늘 아침 문을 여니, 우리 풍차 방앗간 주변에 새하얀 서리가 널따란 융단처럼 깔렸더군요. 풀은 유리처럼 반짝이며 바스락 부서졌습니다. 온 언덕이 덜덜 떨고 있었습니다. 오늘 하루만큼은 내 소중한 프로방스가 북국으로 변한 겁니다. 서리가 그 새하얀 광채를 내게 내쏘는 동안, 그리고 저 위 맑은 하늘에 하인리히 하이네의 나라에서 오는 황새들이 커다란 세모꼴을 이루며 카마르그 쪽으로 내려오면서 "춥다······. 추워······. 추워."라고 소리치는 동안, 서리로 테 두른 소나무들과 수정 꽃다발이 되어 흐드러진 라벤더 덤불 사이에서 나는 독일식 환상이 살짝 깃든 이 발라드 두 편을 썼습니다.

1. 왕세자의 죽음

어린 왕세자가 병이 났습니다. 어린 왕세자가 세상을 뜰 것 같습니다······. 왕국의 모든 성당에서는 왕실 자제의 치유를 기원하며 밤낮으로 성체를 성합 밖에 꺼내 두었고, 커다란 양초들을 켜 두고 있습니다. 오래된 주택가의 거리는 쓸쓸하고 고요하며, 종도 울리지 않고, 마차들은 사람 걸음 속도로 지나갑니다······. 궁전 부근, 호기심에 찬 시민들은 창살 너머로 금빛 제복 아래 배가 통통하게 튀어나온 근위병들이 뜰에서 심상치 않은 표정으로 얘기 나누는 모습을 바라봅니다.

궁성 전체가 수런거립니다⋯⋯. 시종들, 급사장들이 대리석 계단을 뛰어 오르락내리락하고요. 회랑에는 이 무리에서 저 무리로 옮겨 다니며 나지막한 소리로 뭐 새로운 소식은 없는지 수소문하는 비단 옷차림의 시동들과 조신들이 가득합니다. 널찍한 중앙 계단에는 눈물에 젖은 시녀들이 예쁜 자수 손수건으로 눈을 닦으며 서로서로 절을 합니다.

왕세자가 있는 별채에는, 긴 옷을 떨쳐입은 의사들이 많이 모여 있습니다. 유리창 너머 그들이 길고 검은 소맷자락을 흔들어 대며 망치형 가발을 젠체하며 수그립니다⋯⋯. 어린 왕세자의 가정교사와 말 담당 시종은 문 앞을 걸어 다니며 의사단의 결정을 기다리는 중입니다. 심부름꾼들이 인사 한마디 없이 그 옆을 지나갑니다. 말 담당 시종은 이교도처럼 욕설을 내뱉습니다. 가정교사는 호라티우스의 시구절을 읊조립니다⋯⋯. 그러는 동안, 저만치 마구간 쪽에서는 말들이 길게 하소연하듯 히잉 울어 대는 소리가 들립니다. 왕세자의 밤색 말이 마부들이 깜빡 잊고 그대로 둔 텅 빈 먹이통 앞에서 서글프게 그들을 불러 대고 있는 겁니다.

그럼 왕은? 임금님께선 어디 계실까요? 혼자 궁성 끄트머리의 침실에 틀어박혀 계십니다……. 폐하라고 불리는 분들은 자신이 우는 모습을 남들에게 보이기 싫어하는 법이죠. 왕비는 전혀 다릅니다……. 왕비는 어린 왕세자의 머리맡에 앉아서 그 아름다운 얼굴을 온통 눈물로 적시고 있는데, 만인이 보는 앞에서 마치 옷감 장수 아낙네처럼 목 놓아 마구 흐느낍니다.

레이스로 장식된 작은 침대에서, 어린 왕세자는 등허리에 받친 쿠션보다 더 새하얀 낯빛으로 두 눈을 감은 채 누워 있습니다. 잠자는 듯하지만, 실은 아닙니다. 어린 왕세자는 잠들어 있는 게 아니고……. 그는 어머니 쪽으로 돌아누워 어머니가 우는 것을 보고 말합니다.

"어마마마, 어찌하여 우시옵니까? 진정 제가 죽을 거라 생각하시는 것이옵니까?"

왕비는 대답하려 합니다. 하지만 흐느낌에 말문이 막힙니다.

"울지 마세요. 어마마마. 제가 왕세자라는 것, 왕세자들은 이렇게 죽을 리 없다는 것을 잊으셨나이까……."

왕비가 한층 더 큰 소리로 흐느껴 울자, 어린 왕세자는 더럭 겁이 나기 시작합니다.

"이런, 죽음이 닥쳐와 날 데려가게 하고 싶지 않아. 난 죽음이 여기까지 오지 못하게 하는 방법을 확실히 알아. 당장 아주 힘센 독일 보병을 40명 불러서 내 침대 주위에 경비를 서게 하라! 또 커다란 대포 100정을 심지에 불을 붙인 채 밤낮으로 창문 밑에서 지키게 하고, 만약 그래도 죽음이 감히 다가올 엄두를 낸다면 죽음에 저주 있으라……!"

자식의 비위를 맞추려고 왕비는 그렇게 하라고 손짓으로 명령합니다. 즉시 궁정에 커다란 대포가 굴러오는 소리가 들립니다. 그리고 건장한 독일 보병 40명도 미늘창을 꽉 쥔 채 대령하여 침실을 빙둘러 정렬합니다. 콧수염이 희끗희끗한 늙은 용병들입니다. 어린 왕세자는 그들을 보고 손뼉을 쳐 댑니다. 그 용병 중 한 사람을 알아보고 이름을 부릅니다.

"로랭! 로랭!"

그 용병이 침대로 한 발짝 다가섭니다.

"난 당신이 참 좋아, 로랭 영감……. 차고 있는 큰 칼 좀 보여줘……. 만약 죽음이 날 데려가고 싶어 한다면, 죽음을 죽여 버려야겠지?"

로랭이 대답합니다.

"그러하옵니다, 세자 저하……."

굵은 눈물이 두 방울, 용병의 검게 그을린 두 볼에 흘러내립니다.

이 순간, 교리 담당 신부가 어린 왕세자에게 다가가 십자가를 보여주며 나지막한 소리로 오래도록 뭐라고 이야기합니다. 어린 왕세자는 깜짝 놀란 표정으로 귀담아듣다가 갑자기 중간에 말을 끊습니다.

"신부님 말씀은 잘 알겠는데요. 내 친구 베포에게 돈을 많이 주면, 걔가 나 대신 죽어 줄 수는 없는 건가요?"

신부는 계속 나지막한 소리로 왕세자에게 얘기하고, 왕세자는 점점 더 놀란 표정이 됩니다. 신부가 말을 마치자, 어린 왕세자는 한숨을 푹 내쉬며 말을 이어갑니다.

"신부님, 지금 하시는 말씀마다 참 슬프군요. 하지만 단한 가지가 위로가 됩니다. 하늘나라, 별들의 천국에 가도 난거기서 여전히 왕세자일 거라는 거죠……. 좋으신 하느님이내 사촌이시니 반드시 서열에 맞게 날 대해 주실 거라는 걸알아요."

이어 어머니 쪽을 돌아보며 덧붙입니다.

"제일 멋진 옷을 내게 갖다 달라고 하오소서. 흰 담비 가죽 윗도리와 벨벳 무도화를! 천사들을 만날 테니 멋지게 차려입고 왕세자의 복장으로 천국에 들어가고 싶사옵니다."

세 번째로 신부가 어린 왕세자 쪽으로 몸을 숙이고 나지막한 소리로 오랫동안 이야기를 했습니다……. 도중에 왕의 아들은 버럭 화를 내며 말을 끊습니다.

"아니 그럼, 왕세자라는 게 아무것도 아니란 말입니까!"

더는 아무 이야기도 듣고 싶지 않다며 어린 왕세자는 벽 쪽으로 돌아눕더니 애통하게 웁니다.

2. 들판의 군수님

군수님은 이동 중이십니다. 마부를 앞세우고, 하인들을 뒤따르게 하고, 군수님 전용 마차는 위풍당당하게 그를 콩보페의 농촌진흥회 행사장까지 싣고 가는 중입니다. 길이 기억될 만한 이날을 위해, 군수님은 멋진 자수 옷을 입고, 작은 오페라 모자를 쓰고, 은색 띠로 잡아맨 딱 붙는 바지를 입고, 진주모 손잡이가 달린 축제용 장검을 들고 길을 나섰습니다……. 무릎에는 올록볼록한 커다란 염소 가죽 가방을 놓고, 서글픈 표정으로 들여다보고 있습니다.

군수님은 올록볼록한 염소 가죽 가방을 서글프게 들여다봅니다. 잠시 후면 콩보페 주민들 앞에서 해야만 하는, 문제의 연설을 생각하고 있는 겁니다.

"내빈 여러분 그리고 친애하는 군민 여러분……."

그러나 비단 같은 금색 콧수염을 잡아 비비 꼬면서 연달아 스무 번이나 "내빈 여러분 그리고 친애하는 군민 여러분"을 되풀이해 봐야 소용이 없습니다. 그다음 말이 떠오르지 않습니다……. 이 마차 안은 너무 덥습니다! 시야가 미치지 않는 곳까지, 콩보페의 큰길은 남프랑스의 태양 아래 먼지를 풀풀 풍기고 있습니다. 공기가 활활 타는 듯합니다……. 길 끝의 느릅나무는 하얗게 먼지를 뒤집어쓰고 있는데, 그 위에 매미들이 수천 마리 붙어서 이 나무에서 저 나무로 서로 화답하고 있습니다. 갑자기 군수님은 소스라칩니다. 방금 저만치, 언덕 기슭에 아담한 초록 떡갈나무숲이 눈에 들어온 겁니다.

아담한 초록 떡갈나무숲이 그를 손짓해 부르는 것만 같습니다.

"이리 오시라니까요, 군수님. 연설문을 작성하시기엔 나무 밑이 훨씬 나을 거예요."

군수님은 마음이 동했습니다. 그는 마차에서 성큼 뛰어내리며 아랫사람들에게 초록 떡갈나무숲에 들어가서 연설문을 쓸 테니 기다리라고 말했습니다.

초록 떡갈나무숲에는 여러 새들이며 제비꽃이 있고, 여릿

여릿한 풀 아래 시냇물도 졸졸 흐르고 있습니다……. 멋진 바지에 올록볼록한 염소 가죽 가방을 든 군수님을 보자, 새들은 겁을 먹고 지저귐을 뚝 멈추었으며, 시냇물은 더 이상 감히 졸졸 소리를 못 내고, 제비꽃들은 잔디 속으로 쏙 숨어 버렸습니다……. 이 작은 세상의 존재들은 지금껏 군수라는 사람을 본 적이 없어서, 작은 소리로 서로 물어봅니다. 은색 바지를 입고 거니는 저 멋진 신사분이 누구냐고요.

 작은 소리로, 우거진 잎새들 아래로, 다들 묻습니다. 은색 바지 입은 저 멋진 신사분은 누구냐고……. 그러는 동안, 군수님은 숲의 고요함과 산뜻함에 홀려서 늘어진 옷자락을 다 걷어붙이고, 모자는 풀 위에 내려놓고, 어린 떡갈나무 밑동의 이끼 위에 주저앉습니다. 앉아서는 무릎 위에 놓인 올록볼록한 염소 가죽 가방을 열고 커다란 공무 용지 한 장을 꺼냅니다.

 "화가인가 봐!"

 꾀꼬리가 말합니다.

 "아니야, 화가는 아니야. 은색 바지를 입었잖아. 화가라기보다는 왕자인 것 같아."

 피리새가 말합니다.

 "그래 왕자야!"

피리새가 말합니다.

"화가도 왕자도 아니야. 난 누군지 알지롱. 군수님이야!"

여름 내내 군청 마당에서 지저귀던 나이 많은 꾀꼬리가 끼어듭니다. 그러자 작은 숲 전체가 속삭입니다.

"군수님이다! 군수님이다!"

"머리가 많이 벗겨졌네!"

커다란 도가머리를 한 종달새가 말합니다.

"나쁜 사람인가?"

제비꽃들이 묻습니다.

"나쁜 사람이냐고? 전혀 아냐!"

늙은 꾀꼬리가 대답합니다.

이렇게 확실히 말해 주자, 마치 군수가 거기 없기라도 한 것처럼 새들은 다시 노래 부르기 시작했고 샘물들은 다시 흘렀으며 제비꽃들은 다시 향기를 뿜어내기 시작했습니다. 군수는 이렇게 떠들썩한 가운데서도 태연히 농촌진흥회의 여신에게 마음속으로 애원하면서 연필을 들고는 연설조로 낭송하기 시작했습니다.

"내빈 여러분 그리고 친애하는 군민 여러분……. 내빈 여러분 그리고 친애하는 군민 여러분……."

군수는 의식에서나 낼 법한 목소리로 말을 합니다. 어디

선가 웃음이 터져 나와 그는 연설을 멈췄습니다. 그가 몸을 돌려 보았지만 커다란 청딱따구리 말고는 아무것도 보이지 않았습니다. 청딱따구리는 군수의 예식 모자 위에 앉아서 웃고 있었습니다. 군수가 어깨를 으쓱하고는 연설을 계속하려는데, 그 청딱따구리가 또 중단시키고는 멀리서 소리쳤습니다.

"무슨 소용 있나요?"

"뭐라고! 무슨 소용 있냐고?"

군수는 얼굴이 시뻘게져서 말합니다. 그리고 이 당돌한 새를 쫓아내는 시늉을 하며 더욱 낭랑한 소리로 다시 말합니다.

"내빈 여러분 그리고 친애하는 군민 여러분……. 내빈 여러분 그리고 친애하는 군민 여러분……."

이때 어린 제비꽃들은 좀 보세요. 줄기 끝에서 고개를 쭉 뽑아 올리며 군수를 향해 상냥하게 말합니다.

"군수님, 우리가 얼마나 좋은 향내를 뿜어내는지 느껴지시죠?"

그러자 시냇물은 이끼 아래서 천상의 음악을 들려줍니다. 그리고 군수님 머리 위로 드리운 나뭇가지 속에서 꾀꼬리들이 떼 지어 몰려와 그에게 더없이 아름다운 노래를 불러 줍니다. 작은 숲 전체가 공모하여 군수님이 연설문을 쓰지 못하게 방해하고 있습니다……. 군수님은 향내에 취하고 음악에 취한 채 자기를 덮쳐 오는 이 새로운 매혹에 저항해 보려 기를 쓰지만 소용없습니다. 그는 풀밭에 팔꿈치를 괴고, 멋진 의상의 단추며 갈고리도 다 풀어헤치고, 여전히 두세 번 더듬더듬 말합니다.

"내빈 여러분 그리고 친애하는 군민 여러분……. 내빈 여러분 그리고 친애하는 군……. 내빈 여러분 그리고 친애……."

그러다가 군민 따위는 물 건너보내 버립니다. 그러니 농업진흥회의 여신은 얼굴을 감출 수밖에 없었습니다.

얼굴을 가려라, 오, 농업진흥회의 여신이여! 한 시간 뒤 군청 직원들이 군수님이 걱정되어 작은 숲으로 찾아왔을 때, 그들은 눈 앞에 펼쳐진 광경에 깜짝 놀라 겁을 먹고 뒷걸음질 쳤습니다……. 군수님은 자유분방한 집시처럼 옷을 아무렇게나 흐트러트린 채로 풀밭에 배를 깔고 엎드려 있었습니다……. 제비꽃을 입에 물고 잘근잘근 씹으며 군수님은 시를 짓고 있었던 겁니다.

월요 이야기

Contes de lundi

마지막 수업

– 어느 알자스 소년의 이야기

그날 아침 나는 학교 수업 시간에 아주 많이 늦었습니다. 그래서 아멜 선생님이 꾸중 들을까 겁이 났습니다. 그날 오전에 선생님이 분사법에 관한 쪽지 시험을 치르겠다고 하셨는데 분사법에 대해 아는 것이 없었습니다. 한순간 학교에 가지 말고 그냥 들판에 돌아다닐까 생각이 들었습니다.

날씨는 아주 따스하고 화창했습니다. 티티새들은 숲 가장자리에서 휘파람을 불고 있었습니다. 그 너머의 제재소 뒤쪽 들판에서는 독일군 병사들이 매일 하는 훈련을 하고 있었습니다. 이 모든 것이 분사 사용법을 배우는 것보다 훨씬 더 재미있게 보였습니다. 한 걸음 내디딜 때마다 유혹이 점점 강해졌지만 저는 힘을 내어 저항했습니다. 그리고 가장 빠른 속도로 학교를 향해 뛰었습니다.

면사무소 앞을 지나가는데 자그마한 게시판 앞에 사람들이 여러 명 모여 있었습니다. 그들은 게시판에 붙은 무슨 공고문 같은 것을 읽고 있었습니다.

지난 2년 동안 우리가 나쁜 소식들을 알게 된 것은 모두 그 게시판을 통해서였습니다. 전투에서 졌다는 소식, 더 많은 사람을 전선으로 보내야 한다는 얘기 같은 것들이었지요. 저는 걸음을 멈추지 않고 계속 뛰어가면서 생각했습니다.

"이번엔 또 무슨 일이지?"

그런데 광장을 가로질러 뛰어가고 있을 때 우리 마을의 대장간 아저씨가 게시판 앞에서 공고문을 읽다가 저를 향해 큰 소리로 이렇게 말했습니다.

"그렇게 서두를 필요 없다, 얘야. 학교에 늦는 일은 없을 거야!"

나는 아저씨가 놀리는 거라 생각했습니다. 그래서 아무 말도 하지 않고 학교를 향해 계속 뛰었습니다.

보통 수업이 시작될 무렵이면 학교가 아주 소란스러워서 거리에서도 그 소리가 들릴 정도였습니다. 남자아이들은 서로 물건을 던져대고, 여자아이들은 커다란 소리로 떠들어대곤 했지요. 쾅 소리가 나도록 책상을 열었다 닫기도 했습니다. 배운 내용을 암송하듯 큰 소리로 되풀이하는 때도 있었습니다. 그러면 결국 선생님이 자로 교탁을 때리면서 "다들 조용히!"라고 말씀하시곤 했습니다.

그래서 나는 그렇게 소란스러운 와중에 들키지 않고 제 자리까지 갈 수 있을 거라 생각했습니다.

그런데 그날 아침은 평소와 달랐습니다. 마치 일요일 아침처럼 모든 것이 조용했습니다. 열린 창문을 통해 반 친구들의 모습이 보였습니다. 아이들은 벌써 자기 자리에 앉아 있었습니다. 아멜 선생님은 그 무서운 쇠막대를 팔 밑에 끼고 왔다 갔다 하고 계셨습니다. 이젠 도망칠 길이 없었습니다. 나는 그 정적 속에서 문을 열고 교실로 들어가야 했습니다. 얼굴이 얼마나 붉게 달아오르고, 또 얼마나 겁이 났던지!

하지만 겁을 낼 필요가 전혀 없었습니다! 아멜 선생님은 전혀 화난 기색 없이 저를 바라보시며 아주 부드러운 목소리로 이렇게 말씀하셨습니다.

"빨리 네 자리로 가거라, 프란츠. 너 없이 수업을 시작할 뻔했구나."

나는 얼른 내 자리에 앉았습니다. 두려움이 조금 사라지자 선생님이 푸른색 상의와 검은색 바지를 입고 계신다는 걸 깨달았습니다. 그건 선생님이 특별한 날에만 입는 옷이었습니다. 착한 학생에게 상을 주거나, 장학사들이 오는 그런 날 말입니다. 게다가 모두 아주 조용했습니다. 교실 전체가 왠지 엄숙했습니다.

하지만 내가 가장 놀란 건 교실 뒤쪽에 마을 사람들이 몇 분 와 있는 것을 보았을 때였습니다. 그분들은 평소에는 비어 있는 긴 의자에 조용히 앉아 계셨습니다. 오제 할아버지, 전직 면장, 우편배달부 아저씨, 그 밖에도 몇 분이 더 계셨습니다.

216

그분들은 모두 고개를 푹 숙인 채 앉아 계셨습니다. 그리고 오제 할아버지의 무릎 위에는 낡은 문법책이 놓여 있었습니다.

이 광경을 보고 내가 어리둥절해하고 있는 동안, 아멜 선생님은 교단으로 돌아가서 부드럽고 진지한 목소리로 이렇게 말씀하셨습니다.

"얘들아, 이게 너희와의 마지막 수업이란다. 알자스와 로렌 지방의 학교에서는 이제 오로지 독일어만 가르치라는 명령이 어제 베를린에서 왔다……. 내일 새로운 선생님이 오실 거다. 오늘이 너희들의 마지막 프랑스어 수업 시간이다. 잘 집중하도록."

이 몇 마디 말에 나는 먼저 놀라움을 느꼈고, 그다음에는 화가 났습니다. 아! 못된 놈들! 이것이 바로 면사무소 앞 게시판에 붙어 있던 거구나.

오늘이 프랑스어로 하는 마지막 수업이라니!

나는 프랑스어 수업 시간에 아주 게으른 학생이어서 프랑스어를 거의 쓰지 못했습니다. 그런데 이제 프랑스어로 하는 수업을 더 들을 수 없게 된 겁니다.

나 자신에게 얼마나 화가 났던지! 나는 배울 수 있는 시간을 허비해버렸습니다. 그 시간에 새 둥지를 찾아 뛰어다니

217

거나 얼어붙은 강에서 스케이트를 탔습니다. 나는 프랑스어 문법책과 프랑스 역사책을 지루하게만 생각했습니다. 그런데 지금은 그 책들이 오랜 친구처럼 느껴졌습니다. 이젠 그 책들에게 안녕을 고해야 합니다. 그리고 아멜 선생님께도. 선생님이 이곳을 떠나실 것이며 다시는 선생님을 뵐 수 없을 거라는 생각 때문에 쇠막대로 맞은 일도, 선생님께 벌을 받은 기억들도 사라져버렸습니다.

가엾은 분! 선생님은 이 마지막 수업을 위해 가장 좋은 옷을 꺼내 입으신 겁니다. 나는 마을 어른들이 왜 교실 뒤쪽에 앉아 계시는지 이제야 알 수 있었습니다. 그분들은 학교에 좀 더 자주 와보지 못한 것을 안타까워하고 계시는 것 같았습니다. 그것은 또한 40년 동안 충실하게 근무하신 우리 선생님께 감사의 뜻을 표하고, 이제 사라져가는 조국에게 작별 인사를 하는 아주 좋은 방법이기도 했습니다.

이런 생각을 하다가 내 이름이 불리는 소리를 들었습니다. 내가 암송을 할 차례였습니다.

그 어려운 분사법의 규칙을 처음부터 끝까지 크고 분명한 목소리로 말하고 싶다는 생각이 얼마나 간절했던지! 하지만 나는 첫마디부터 막혀버렸습니다. 나는 자리에 선 채로 몸을 흔들며 고개를 들지 못했습니다. 아멜 선생님이 나에게 말씀하시는 소리가 들렸습니다.

"프란츠야. 난 널 꾸짖지 않겠다. 넌 이미 충분히 벌을 받았어. 세상의 일들은 다 그런 거란다. 우리는 매일 '쳇! 내일 배우면 되잖아.'라고 말하지. 그러다가 일이 어떻게 되어버렸는지 깨닫게 되었지. 아! 오늘 해야 할 일을 내일로 미루는 건 언제나 우리 알자스의 커다란 불행이야. 이제 독일인들은 우리에게 이렇게 말하겠지. '뭐야! 너희들은 프랑스인이라면서 자기 나라말을 읽지도 못하고 쓸 줄도 모른단 말이냐!' 가엾은 프란츠, 네 죄가 크다는 것은 아니야. 우리 모두 너와 마찬가지로 자신을 탓해야 해. 너희 부모님들은 너희들을 교육하는 데 별로 열성을 보이지 않으셨어. 가족들을 위해 조금이라도 돈을 더 벌기 위해 너희들에게 일을 시키는 데 열성적이셨지. 그리고 나 역시 자신을 탓할 일이 없겠어? 너희들이 공부해야 할 시간에 정원에 물을 주라고 시킨 적이 자주 있었지. 그리고 낚시하러 가고 싶어서 한낮에 전혀 망설이지 않고 너희를 집으로 돌려보낸 적도 있었어."

이어서 아멜 선생님은 프랑스어에 대한 이야기를 시작하셨습니다. 선생님은 프랑스어가 세상에서 가장 아름다운 언어이며, 우리는 그 언어를 항상 생생하게 간직하고 절대 잊

219

어버려서는 안 된다고 말씀하셨습니다.

"왜냐하면 한 민족이 노예가 되더라도 자기들의 언어만 잘 지키고 있으면 감옥 열쇠를 가지고 있는 것이나 마찬가지이기 때문이다."

그러고 나서 선생님은 문법책을 들고 수업을 시작하셨습니다.

나는 수업 내용을 너무나 쉽고 빠르게 이해할 수 있다는 것을 깨닫고 깜짝 놀랐습니다. 선생님이 말씀하시는 모든 것이 나에게는 너무나 쉽게 느껴졌습니다. 선생님의 말씀에 그처럼 정성스럽게 귀를 기울인 건 처음이었습니다.

가엾은 선생님은 떠나시기 전에 우리에게 프랑스어에 대한 선생님의 모든 지식을 주고 싶어 하셨습니다. 그리고 우리가 이번 기회를 통해 이 아름다운 언어에 대해 알게 되기를 바라고 계셨습니다.

문법 수업이 끝나갈 무렵, 아멜 선생님이 종이 한 장을 나눠주셨습니다. 그 종이의 첫머리에는 '프랑스, 알자스, 프랑스, 알자스'라고 쓰여 있었습니다. 그 단어들은 우리 눈앞에서 나부끼는 작은 깃발 같았습니다.

우리 모두 얼마나 열심히 그 단어들을 썼던지! 그리고 우리 모두 얼마나 조용했던지! 펜이 종이 위에 미끄러지는 소리

외에는 아무 소리도 들리지 않았습니다.

때로 종이에서 눈을 때 고개를 들어보면 아멜 선생님이 의자에 꼼짝하지 않고 앉아 계신 모습을 볼 수 있었습니다. 선생님은 40년 동안 항상 그 자리에 앉아 선생님의 작은 뜰과 학생들을 바라보셨던 겁니다!

오랫동안 사용해 많이 낡은 의자와 책상들은 반짝반짝 윤이 났으며, 뜰에 있는 밤나무는 크게 자랐고, 선생님이 직접 심으신 담쟁이덩굴은 지붕까지 뻗어서 이제 창문을 장식하고 있었습니다. 이 모든 것을 놔두고 이 마을을 영원히 떠나는 것이 늙은 아멜 선생님께 얼마나 슬픈 일이었을까요!

하지만 선생님은 용기를 내서 수업을 마지막까지 계속하셨습니다. 쓰기 연습이 끝난 후, 우리는 역사 수업을 들었습니다. 그다음에는 어린 학생들이 모두 함께 '바 베 비 보 부'를 노래했습니다. 교실 뒤쪽에 계시던 오제 할아버지도 최선을 다해 공부하고 계신다는 걸 나는 알 수 있었습니다. 할아버지의 목소리는 감정에 북받쳐 떨리고 있었습니다. 할아버지의 목소리가 너무 우스워서 우리는 모두 웃고 싶기도 하고, 울고 싶기도 했습니다.

그때 갑자기 교회 종이 12시를 알렸습니다. 그와 동시에

221

훈련에서 돌아오는 독일 병사들의 나팔소리가 창문 밑에서 울렸습니다. 아멜 선생님이 의자에서 일어나셨습니다. 선생님의 얼굴은 아주 창백했습니다. 선생님의 키가 그렇게 커 보였던 적은 한 번도 없었습니다.

"내 친구들이여!"

선생님이 말씀하셨습니다.

"내 친구들, 난······. 나는······."

그러나 선생님은 목이 메어서 말을 잇지 못하셨습니다. 선생님이 칠판을 향해 돌아서서 분필을 집어 들었습니다. 그리고 온 힘을 다해, 선생님이 쓸 수 있는 가장 커다란 글자로 이렇게 썼습니다.

"프랑스여, 영원하리!"

한동안 선생님은 벽에 머리를 기댄 채 그렇게 서 계셨습니다. 그리고 이렇게 말씀하셨습니다.

"이제 다 끝났다······. 가도 좋아."

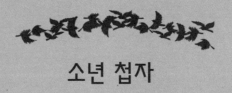

소년 첩자

그의 이름은 스텐, 꼬마 스텐이었다.

스텐은 파리에 사는 소년이었다. 몸이 약하고 얼굴빛이 창백한 그는 어떻게 보면 열 살쯤 되어 보이기도 하고, 또 어찌 보면 열다섯 살 정도로 보이기도 했다. 그 또래 아이들의 나이란 맞추기 어려운 법이니까 말이다······.

스텐의 어머니는 이미 죽었고, 해군 출신인 아버지는 탕플 거리에 있는 작은 공원의 관리인으로 일하고 있었다. 마차들이 분주하게 오가는 거리를 피해 잘 가꾸어진 꽃밭이 있는 이곳으로 몰려드는 어린아이들, 하녀들, 접는 의자를 들고나온 할머니들, 가난한 여인들······. 모두 스텐의 아버지를 알고 있었고, 또 그를 무척 좋아했다. 떠돌이 개들이나 불량배들이 무서워하는 그의 험상궂은 콧수염 밑에 어머니처럼 다정하고 부드러운 미소가 감추어져 있다는 사실을 사람들은 잘 알고 있었다. 그 미소를 보고 싶을 때면 '꼬마는 잘 있나요?'라고 묻는 것만으로 충분하다는 것 또한 공원을 드나드는 사람들 모두가 알고 있었다.

그만큼 그는 아들을 사랑했다. 저녁때 학교 공부를 끝낸 아들이 공원으로 마중을 오면 부자는 공원의 오솔길을 나란히 거닐며 공원을 단골로 드나드는 이웃들과 다정하게 인사를 주고받곤 했다. 그럴 때 그는 더없이 행복했다.

그러나 프로이센군에 의해 파리가 포위되면서 모든 것이 변하고 말았다. 공원은 폐쇄되고, 그 안에는 석유통만 잔뜩 쌓이게 되었다. 가엾은 스텐의 아버지는 그것들을 지키느라 온종일 담배 한 대 못 피우고 석유통 더미 속에서 쓸쓸한 나날을 보내야 했다. 그뿐만 아니라 사랑하는 아들도 밤늦게 집에 돌아가서야 만날 수 있었다. 그 때문에 프로이센군을 욕할 때 그의 콧수염은 참으로 볼만했다.

그러나 어린 스텐에게는 이 새로운 생활이 별로 불만스럽지 않았다. 포위! 어린 개구쟁이들에게는 이것이야말로 정말 신나는 일이었다. 학교 수업도 없고, 숙제도 없어 하루하루가 방학이고 거리는 또 날마다 시장 바닥처럼 붐벼 댔으니……

꼬마 스텐은 해 떨어지는 줄도 모르고 밖에서 뛰어놀곤 했다. 특히 성을 지키러 나서는 군대를 따라다니는 것을 좋아했는데, 그중에서도 군악대의 연주 솜씨가 훌륭한 부대만을 골라서 따라다녔다. 그래서 스텐은 그 방면에 대해서는 모르는 것이 없을 정도였다.

"96대대 군악대는 정말 형편없어. 55대대는 정말 멋있는데."

스텐은 제법 그럴듯하게 이런 말을 하기도 했다. 어떤 때는 기동대 훈련을 구경하러 가기도 했다.

가스등도 없는 어두컴컴한 겨울 아침, 꼬마 스텐은 바구니를 옆구리에 끼고 정육점이나 빵집 문 앞에 늘어선 긴 행렬 속에 끼여 배급을 기다리곤 했다. 사람들은 눈앞에 닥쳐온 위험을 알지 못한 채 조심스럽게 말을 걸고 정치 이야기를 나누었다. 그중에는 이따금 꼬마 스텐의 생각을 물어오는 사람도 있었다.

스텐에게 제일 재미있는 것은 뭐니 뭐니 해도 갈로슈 게임이었다. 이것은 갈로슈라고 불리는 큰 코르크를 쓰러뜨리는 게임으로, 브르타뉴 지방의 기동부대가 파리를 포위하고 있을 때 유행시켜 놓은 것이다.

꼬마 스텐이 성곽에도, 빵집에도 보이지 않을 때 샤토도 광장의 갈로슈 게임판에 가면 틀림없이 그를 찾을 수 있었다. 물론 그는 직접 게임을 하지는 않았다. 돈이 없었기 때문이었다. 그는 그저 구경하는 것으로 만족했다.

그런데 게임을 하는 이들 중에서 푸른 작업복 바지를 입고 언제나 5프랑짜리 은화만 내놓는 키 큰 아이가 스텐의 눈길을 끌었다. 그 아이가 뛸 때면 늘 주머니 속에서 은화가 짤랑거리는 소리가 나곤 했다.

하루는 스텐의 발밑까지 굴러온 은화를 주우면서 그 아이가 낮은 소리로 속삭였다.

"갖고 싶지? 그렇지? 네가 원한다면 이 돈이 어디서 났는지 가르쳐줄 수 있어."

게임이 끝나자 키 큰 아이는 스텐을 광장 한쪽 구석으로 데리고 갔다. 그리고 자기와 함께 프로이센 군인들에게 신문을 팔러 한 번 다녀오면 30프랑을 벌 수 있다고 조용히 말했다. 처음에 스텐은 크게 화를 내며 그 제안을 거절했다. 그날부터 사흘 동안이나 그는 게임판에도 나가지 않았다.

참으로 지겨운 사흘이었다. 밥맛도 없었고 잠도 오지 않았다. 침대에 누워 엎치락뒤치락하다가 가까스로 잠이 들면 커다란 코르크가 침대 앞에 늘어서 있거나 반짝이는 은화들이 바닥에 줄지어 서 있는 꿈을 꾸었다. 너무나도 참기 힘든 유혹이었다. 마침내 나흘째 되던 날, 스텐은 샤토도 광장으로 나가 키 큰 아이를 만났다. 그리고 그의 제의를 받아들였다.

어느 눈 내리는 새벽, 키 큰 아이와 스텐은 어깨에 자루를 둘러메고 신문을 품속 깊이 감춘 채 프로이센군의 진지를 향해 출발했다. 그들이 플랑드르 성문에 다다랐을 무렵 날이 밝아왔다. 키 큰 아이는 스텐의 손을 잡고, 딸기코에 눈빛이 무척 선량해 보이는 성문 보초에게 다가가 가련한 목소리로 말했다.

"아저씨, 제발 저희를 보내주세요. 아빠는 돌아가시고 엄마는 병들어 누워 계세요. 동생이랑 들에 나가 감자라도 주워오려고 가는 길이에요."

키 큰 아이는 우는 시늉을 했다. 스텐은 너무 부끄러워 고개를 푹 숙이고만 있었다. 보초는 잠시 그들을 쳐다보더니 희뿌연 눈발이 흩날리는 큰길 쪽을 힐끗 살피며 말했다.

"어서 지나가거라!"

그렇게 그들은 오베르빌리에 가도로 접어들었다. 키 큰 아이는 웃음을 터뜨렸다!

꼬마 스텐은 병영으로 바뀐 공장들과 젖은 누더기가 걸쳐진 바리케이트, 안개를 뚫고 하늘로 치솟은 금 간 굴뚝들을 꿈속에서처럼 어렴풋이 바라보았다. 드문드문 보초가 서 있고, 방한모를 쓴 장교들이 망원경을 들고 먼 곳을 살피고 있었다. 꺼져가는 모닥불 앞에서는 군용 천막들이 눈 녹은 물에 흥건히 젖어 들고 있었다.

키 큰 아이는 부근의 길을 잘 알고 있는 것 같았다. 그는 보초들의 눈을 피해서 스텐의 손목을 끌고 재빨리 논밭을 가로지르곤 했다.

그러나 의용군들이 지키고 있는 전초 기지만은 피할 수가 없었다. 의용군들은 짧은 방수 외투를 입고 수아송으로 가는 철길 변의 참호 속에 웅크리고 있었다. 키 큰 아이는 이번에도 똑같은 말을 둘러댔다. 그러나 이번에는 통하지 않았다. 키 큰 아이가 울며불며 사정했지만, 의용군들은 그들을 쉬 보내주려 하지 않았다. 그때 건널목 초소에서 나이가 지긋해 보이는 상사 하나가 나왔다. 수염이 허옇게 세고 얼굴에 주름이 가득한 것이 꼭 스텐의 아버지 같았다. 그가 아이들을 보고 말했다.

"자, 얘들아, 그만 울어라. 감자를 캐러 가게 해줄 테니까. 우선 들어와서 불 좀 쬐렴. 저 꼬마는 추워서 덜덜 떨고 있구나."

아! 꼬마 스텐이 떨고 있는 것은 추위 때문이 아니었다. 그는 너무나 두렵고 부끄러웠던 것이다.

초소 안에는 몇몇 병사들이 꺼져가는 불가에 쪼그리고 앉아 있었다. 그들은 얼어붙은 비스킷을 총검 끝에 꽂아 신통치 못한 불에다 녹이고 있었다. 그들은 자리를 바짝 좁혀 아이들이 앉을 틈을 마련해주고, 커피도 조금 나누어 주었다.

아이들이 커피를 마시고 있는 사이, 장교 하나가 와서 상

사를 불러냈다. 장교는 상사의 귀에 대고 몇 마디 속삭이고
는 급히 가버렸다. 상사는 싱글벙글 웃으며 자리로 돌아오
더니 장교가 한 말을 모두에게 전해주었다.

"이것 봐! 오늘 밤엔 한바탕 싸움이 벌어질 거야. 프로이
센군의 암호를 알아냈다는군. 이번엔 부르제를 되찾을 수
있겠지."

병사들 사이에서 만세와 웃음소리가 터져 나왔다. 모두가
춤을 추고 노래를 부르고 총검을 닦는 등 야단법석이었다.
두 아이는 그 틈을 타서 그곳을 빠져나왔다.

의용군 진지를 벗어나자 넓은 들판이 펼쳐졌다. 들판 저 끝
에 적을 사격하기 위해 군데군데 구멍을 뚫어 놓은 흰 벽이
보였다. 아이들은 감자를 줍는 시늉을 하면서 그 벽을 향해
한 걸음 한 걸음 다가갔다.

"돌아가자, 응? 가지 말자."

꼬마 스텐은 계속 졸라대고 있었다. 그러나 키 큰 아이는
들은 척도 하지 않고 앞으로만 나아갔다. 그런데 갑자기 소
총 장전하는 소리가 들렸다.

"엎드려!"

키 큰 아이가 땅바닥에 납작 엎드리며 말했다. 그는 엎드
린 채 휘파람을 불었다. 그러자 눈 속에서 다른 휘파람 소

리가 응답하듯 울려왔다. 그들은 눈 위를 기어서 앞으로 나아갔다. 벽 앞쪽 참호에서 때 묻은 베레모를 쓰고 노란 콧수염을 기른 병사 두 명이 나타났다. 키 큰 아이는 참호 속의 그 프로이센 병사들 앞으로 껑충 뛰어내리더니 스텐을 가리키면서 말했다.

"얘는 제 동생이에요."

프로이센 병사는 스텐이 너무 작다고 생각했는지 웃음을 터트리며 스텐을 안아 참호 위로 번쩍 들어 올렸다.

벽 너머에는 흙을 쌓아 만든 둑이 있었고 쓰러진 나무들이 그 밑에 깔려 있었다. 눈 속에는 시커먼 구멍들이 나 있었으며, 구멍마다 지저분한 베레모를 쓰고 노란 콧수염을 기른 프로이센 병사들이 들어 있었다. 그들은 지나가는 두 아이를 보고 낄낄 웃어 댔다.

그 한쪽에 통나무를 엮어 만든 정원지기의 집이 있었다. 아래층은 둘러앉아 카드놀이를 하거나 활활 타는 불에다 수프를 끓이는 병사들로 붐비고 있었다. 양배추와 베이컨 냄새가 구수하게 풍겨왔다. 조금 전에 지나온 의용군 진지의 모습과는 천지 차이였다. 위층에서는 장교들이 치는 피아노 소리며 샴페인 터뜨리는 소리가 들려왔다.

아이들이 들어서자 병사들 사이에서 환호성이 터졌다. 아

233

이들은 그들에게 신문을 나누어 주었다. 프로이센 장교들은 아이들에게 마실 것을 따라 주며 이야기를 시켰다. 그들은 하나같이 거만하고 심술궂게 보였다. 하지만 키 큰 아이는 재치 있는 파리 변두리 말투와 불량스러운 어휘로 그들을 재미있게 해 주었다. 그들은 키 큰 아이의 말투를 흉내 내기도 하고, 아이가 들려주는 파리 변두리의 지저분한 이야기에 배를 잡고 웃기도 했다.

꼬마 스텐도 자신이 바보가 아니라는 걸 보여주기 위해 한마디 할까 싶었지만, 왠지 마음이 내키질 않았다. 조금 떨어진 곳에 다른 군인들보다 나이 들고 점잖아 보이는 장교 하나가 앉아 있었다. 그는 사람들과 떨어져 뭔가를 읽고 있었다. 아니, 읽는 척하고 있었다. 그의 눈길은 아까부터 스텐에게서 떠나지 않고 있었다. 그 눈길에는 다정함과 나무람의 빛이 뒤섞여 있었다. 그에게 스텐 또래의 아들이 있는 듯 속으로 이렇게 말하고 있는 것 같았다.

'만일 내 아들이 저런 짓을 한다면 차라리 죽는 게 낫겠어.'

그 눈길을 의식한 순간부터 스텐은 보이지 않는 손이 가슴을 짓누르고 심장을 옥죄는 것 같은 기분을 느꼈다. 그 괴로움에서 벗어나고 싶어 그는 술을 마시기 시작했다. 몇 모금 마시지 않아서 사방이 빙글빙글 돌기 시작했다.

그는 왁자지껄한 웃음소리 속에서 키 큰 아이가 프랑스 병사들의 훈련 모습을 비웃으며 흉내 내는 소리를 어렴풋이 들었다. 잠시 후 키 큰 아이가 목소리를 낮추었다. 장교들이 긴장된 표정을 지으며 아이 주위로 바짝 다가가고, 그들의 얼굴이 심각해지는 것을 보았다. 저 파렴치한 녀석이 의용군의 공격 계획을 미리 알려 주고 있는 것이었다!

스텐은 정신이 번쩍 들어 악을 썼다.

"그건 안 돼! 안 돼!"

키 큰 아이는 스텐의 고함을 무시하고 이야기를 계속했다. 아이가 이야기를 끝내기도 전에 장교들이 모두 일어났다. 그들 중 하나가 문을 가리키며 아이들에게 소리쳤다.

"가라!"

장교들은 자기들끼리 빠른 독일어로 뭔가 이야기를 쑥덕거렸다. 키 큰 아이는 그들에게서 받은 은화를 짤랑거리며 의기양양한 얼굴로 그곳을 빠져나왔다. 스텐은 고개를 푹 숙이고 그 뒤를 따랐다. 아까부터 줄곧 스텐을 지켜보고 있던 그 장교 옆을 지날 때, 스텐은 그의 서글픈 목소리를 들었다.

"그러면 안 돼, 그러면…… 안 돼……."

스텐의 두 눈에 눈물이 고였다.

235

들판으로 나오자 두 아이는 달리기 시작했다. 그들의 자루는 프로이센 병사들이 준 감자로 가득했다. 덕분에 의용군의 진지는 무사히 통과할 수 있었다. 진지에서는 야간 공격 준비가 한창 진행되고 있었다. 사방에서 달려온 병사들이 성벽 뒤에 조용히 집결해 있었다. 그 나이 든 상사도 그들속에 섞여 있었다. 병사들을 배치하고 있는 그는 무척 행복한 표정이었다. 그는 지나가는 아이들을 알아보고 다정하게 웃어주었다.

아! 그 웃음이 꼬마 스텐의 마음을 얼마나 아프게 했던가! 그 순간 스텐은 이렇게 외치고 싶었다.

'가시면 안 돼요! 우리가 아저씨를 배신했어요!'

그러나 키 큰 아이가 했던 말이 스텐을 가로막았다.

'입을 열면 우리 둘 다 총살이야.'

쿠르뇌브 부근에서 그들은 빈집 하나를 발견하고 안으로 들어가 돈을 똑같이 나누었다. 주머니 속에 짤랑거리는 은화들이 스텐에게 갈로슈 게임을 떠올려주었다. 게임 생각을 하자 자신이 저지른 죄가 그다지 크지 않은 것처럼 느껴졌다.

그러나 키 큰 아이와 헤어져 혼자가 되자 주머니가 점점더 무거워지는 것 같았다. 가슴을 누르던 손이 더욱더 세게 심장을 죄어 오는 것 같았다.

파리의 모습도 전과는 달라 보였다. 지나가는 사람들도 그가 어디에 갔다 오는 길인지 다 알고 있다는 듯 싸늘한 눈초리로 그를 노려보는 것 같았다. 거리를 달리는 마차 소리에서도, 운하를 따라 행진하는 군대의 북소리에서도 '첩자! 첩자!'라는 소리가 들리는 것 같았다. 마침내 스텐은 집에 도착했다. 다행히 아버지는 아직 돌아오기 전이었다. 그는 재빨리 자기 방으로 올라가 그 무거운 은화들을 베개 밑에 깊이 감추었다.

그날 저녁, 집에 돌아온 아버지는 아주 기분이 좋아 보였다. 나라 안의 사정이 좋아지고 있다는 소식을 들었던 것이다. 저녁 식사 시간에 이 옛 병사는 벽에 걸어 놓은 자신의 총을 바라보면서 아들에게 다정한 미소를 지어 보였다.

"네가 좀 더 컸더라면 저 프로이센 놈들과 싸우러 갈 수 있었을 텐데!"

여덟 시가 되자 대포 소리가 들려왔다.

"오베르빌리에 쪽이야. 부르제에서 전투가 벌어진 거야."

우리 편 요새라면 무엇이든지 다 알고 있는 스텐의 아버지가 말했다. 꼬마 스텐은 얼굴이 하얗게 질렸다. 그는 피곤하다는 핑계를 대고 일찍 잠자리에 들었다. 그러나 도무지

잠을 이룰 수가 없었다. 대포 소리는 계속 울려오고 있었다. 스텐은 기습 공격에 나섰다가 오히려 프로이센군의 복병에 걸려드는 의용군들의 모습을 떠올렸다. 다정한 미소를 지어 주던 그 상사가 피를 흘리며 쓰러져 있는 모습이 눈에 선했다.

아, 얼마나 많은 병사가 쓰러졌을까! 바로 그 피의 대가가 지금 이 베개 밑에 숨겨져 있는 것이다. 군인이었던 아버지의 아들인 내가 그런 짓을 저지르다니! 눈물 때문에 꼬마 스텐은 목이 메었다. 옆방에서 아버지의 발소리와 창문 여는 소리가 들렸다. 아래쪽 광장에서 집합을 알리는 북소리가 울려오고 있었다. 기병대가 출동하기 위해 점호를 받고 있을 것이다. 이번에는 정말 치열한 전투가 될 모양이었다. 가엾은 스텐 흐느낌을 참을 수 없었다.

"얘야, 왜 그러니? 무슨 일이니?"

스텐의 아버지가 방 안으로 들어오며 물었다. 꼬마 스텐은 더는 견디지 못하고 침대에서 뛰어 내려와 아버지의 발 앞에 엎드렸다. 그 바람에 은화들이 요란한 소리를 내며 방바닥으로 굴러떨어졌다.

"이게 다 뭐냐? 설마…… 도둑질을 한 건 아니겠지?"

꼬마 스텐은 프로이센군의 진지에 갔던 일을 단숨에 털어

놓았다. 얘기하고 나니 속이 후련했다. 죄책감도 좀 가벼워지는 것 같았다. 굳은 표정으로 듣고 있던 스텐의 아버지는 아들의 얘기가 끝나자 두 손으로 머리를 감싸 쥐고 울었다.

"아버지……."

꼬마 스텐은 무슨 말이든 하고 싶었다. 그러나 스텐의 아버지는 말없이 아들을 밀치고 바닥에 흩어진 돈을 주워 모았다.

"이게 전부냐?"

꼬마 스텐이 고개를 끄덕였다. 스텐의 아버지는 자신의 총과 탄약통을 꺼내고 은화를 주머니에 넣으며 말했다.

"그래, 이걸 돌려주러 가야겠다."

그 말을 남기고 스텐의 아버지는 어둠 속에서 출동하는 기병대와 합류하기 위해 뒤도 돌아보지 않고 집을 나섰다. 그 뒤, 그를 보았다는 사람은 아무도 없었다.

빨간 자고새의 놀람

우리 자고새들은 무리를 지어 다니고 파인 밭고랑에다 함께 둥지를 틀며, 조금이라도 위험한 징후가 보이면 날아올라 사람들이 뿌리는 씨앗 한 줌처럼 대번에 흩어진다. 자고새 집단은 명랑하고 그 수가 많으며, 큰 숲 가장자리의 평원에 살아서 숲과 평원 양쪽의 노획물과 훌륭한 피난처들을 갖고 있다. 깃털도 풍성한 데다 배불리 먹고 자란 나는 날 줄 알게 된 이래 사는 것이 아주 행복했다.

그런 나를 불안에 떨게 만든 것은 바로 악명 높은 '사냥'이었다. 우리네 어머니들은 그것에 관해 자기들끼리 아주 조그만 소리로 떠들기 시작했다. 우리 무리 중 한 연장자는 나에게 늘 이렇게 말하곤 했다.

"걱정 마라, 루제."

마가목 열매 색깔인 내 부리와 발 때문에 내 이름은 루제(프랑스어 'Rouge'는 빨간색을 의미)다.

"사냥이 시작되는 날, 내가 너를 데리고 갈게. 그러면 아무 일도 없을 거야."

그는 가슴에 뚜렷한 말굽 무늬가 있고 벌써 하얀 깃털 몇 개가 군데군데 난 늙은 자고새 수컷이었는데 무척 꾀바르면서도 조심성이 많았다. 그는 아주 젊었을 때 날개에 산탄 조각을 맞은 후 몸이 둔해져서 날아오르기 전에 꼭 신중히 생각하고 시간을 충분히 들였다. 그는 숲 입구까지 나를 자주 데려가곤 했다. 거기에는 이상한 작은 집이 한 채 있었다. 그 집은 밤나무 사이에 자리했고 텅 비어 있는 땅굴처럼 조용했으며 언제나 닫혀 있었다.

"이 집을 잘 보렴, 꼬마야."

늙은 자고새가 내게 말했다.

"이 집 지붕에서 연기가 피어오르고 대문과 창문이 열리면 우리에게 나쁜 일이 생길 거다."

나는 그 집 문이 열리는 게 이번이 처음이 아님을 잘 알고 있었고, 그래서 나는 그의 말을 믿었다. 그러던 어느 날 새벽, 누군가 밭고랑에서 아주 작은 소리로 나를 불렀다.

"루제! 루제!"

늙은 자고새였다. 그는 휘둥그레진 눈으로 말했다.

"빨리 오렴. 그리고 나처럼 해 봐."

나는 반쯤 잠에 취한 채 흙더미 사이에 파묻혀서 생쥐처럼 기어 그를 쫓아갔다. 우리는 숲 쪽으로 갔다. 지나가다가 보니 그 작은 집의 굴뚝에서 연기가 났고 창문은 빛으로 환했으며, 열린 문 앞에는 사냥꾼들이 무장한 차림으로 펄쩍펄쩍 뛰는 개들에 둘러싸여 있었다. 우리가 지나가자 사냥꾼 중 한 명이 소리쳤다.

"오늘 오전에는 들판에서 사냥하고 점심을 먹은 뒤에는 숲에서 사냥합니다."

그제야 나는 늙은 자고새가 왜 나를 키 큰 나무 아래로 데려왔는지 깨달았다. 안 그래도 두근대는 가슴이 불쌍한 내 친구들을 떠올리니 더욱 쿵쾅거렸다. 숲 근처에 거의 다 왔을 때 사냥개들이 우리 쪽으로 빠르게 달려오기 시작했다.

"바닥에 엎드려! 엎드리라니까!"

늙은 자고새가 몸을 낮추면서 내게 말했다. 그때 열 걸음쯤 떨어진 곳에서 겁에 질린 메추라기가 아주 커다란 날개를 펼치더니 두려움에 울부짖으며 날아올랐다. 이어서 어마어마한 소리가 들렸다. 이제 겨우 동이 텄을 뿐인데 아주 하얗고 뜨거운 먼지가 피어올랐다. 이상한 냄새도 났다. 나는 너무 두려워서 달릴 수가 없었다. 다행히도 우리는 숲으로 들어갔다. 내 친구는 작은 떡갈나무 뒤에 쪼그렸고 나는 그 곁으로 가서 자리했다. 우리는 나뭇잎 사이로 밖을 내다보면서 숨어 있었다.

들판에는 끔찍한 일제 사격이 있었다. 총성이 들릴 때마다 나는 정신이 아찔해져서 눈을 감았다. 마침내 눈을 떴을 때 넓은 들판은 헐벗어 있었다. 사냥개들은 뛰어다니며 풀잎과 낟가리 속을 샅샅이 뒤졌고 미친 것처럼 빙빙 돌기도 했다.

그 뒤에서는 사냥꾼들이 욕을 지껄이며 개들을 불렀다. 총들이 햇빛에 반짝였다. 한순간, 연기구름 속에 흩어져 날아다니는 작은 이파리 같은 것을 본 것 같았다. 주위에 나무라고는 한 그루도 없는데 말이다. 내 친구인 늙은 자고새가 그게 깃털들이라고 말해주었다. 백 걸음쯤 떨어진 밭고랑에 멋진 회색 자고새 한 마리가 피 흘리는 머리를 처박고 떨어져 있었다.

뜨거운 태양이 하늘 높이 떠 있을 때 돌연 총격이 멈추었다. 사냥꾼들이 작은 집으로 돌아왔다. 장작이 큰 불꽃을 일으키며 활활 타들어 갔다. 그들은 총을 어깨에 메고 잡담을 나누었다. 개들은 녹초가 되어 혀를 내밀고 그 뒤에 앉아 있었다.

"저들은 점심을 먹을 거야. 우리도 먹자."

내 친구가 말했다. 우리는 숲과 아주 가까운 메밀밭으로 들어갔다. 하얗고 검으며 꽃과 알곡이 어우러지고 아몬드 냄새가 나는 밭이었다. 금빛을 띤 적갈색 깃털의 아름다운 꿩들이 거기서 메밀을 콕콕 쪼고 있었다. 그들도 자기네가 보일까 봐 두려워서 붉은색 볏을 숙이고 있었다. 아! 그들은 평소보다 자부심이 덜했다. 그들은 메밀을 먹으면서 우리에게 소식을 물었다. 꿩 한 마리가 쓰러지지 않았는지 말

245

이다. 그러는 동안 처음에는 조용하던 사냥꾼들의 점심 식사가 점점 시끄러워졌다. 컵들이 부딪치고 병마개가 뽑히는 소리가 들렸다. 늙은 자고새는 돌아가야 할 때라고 생각했다.

그 시간에 숲은 잠을 자는 것만 같았다. 노루들이 물을 마시러 오던 작은 늪에서는 그 어떤 혀 놀림도 볼 수 없었다. 사육장의 백리향을 뜯는 토끼 역시 한 마리도 없었다. 그저 알 수 없는 가벼운 떨림만 느껴졌다. 마치 나뭇잎마다, 풀잎마다 위협당하는 동물들이 숨어 있는 것 같았다.

숲속 사냥감들은 숨을 데가 아주 많았다. 땅굴, 덤불, 나뭇단, 가시덤불, 도랑 등······. 숲속의 그 작은 도랑들은 비가 오고 난 뒤면 물을 아주 오래 간직했다. 차라리 그런 도랑 깊숙이 들어갔다면 좋으련만. 그러나 내 친구는 넓고 시야가 탁 트인 바깥을 좋아했다.

그때 불길한 기운이 엄습했다. 사냥꾼들이 숲 아래 도달한 것이다. 오! 숲에서 그 첫 번째 총격, 4월의 우박처럼 나뭇잎을 뚫어 버리고 나무껍질에 자국을 남긴 그 총격을 나는 결코 잊지 못하리라. 토끼 한 마리가 발톱으로 풀잎을 헤치며 도망쳤다. 다람쥐 한 마리가 아직 덜 익은 밤들을 떨어뜨리면서 밤나무에서 굴러떨어졌다. 숲에 사는 모든 것들을 흔들어 깨우고 오싹하게 만든 그 충격 때문에 커다란 꿩들이 두세 차례 무겁게 날아올랐고, 낮게 달린 나뭇가지와 마른 잎들 속에서 야단법석이 일었다.

들쥐들이 자기네 구멍 속으로 기어들었다. 우리가 쪼그리고 있던 나무의 움푹 파인 곳에서 사슴벌레 한 마리가 나왔다. 사슴벌레는 멍청하고 커다란 눈을 공포로 치뜨며 눈동자를 굴렸다. 이어서 잠자리, 뒤영벌, 나비, 불쌍한 작은 짐승들이 사방에서 질겁했다. 내 부리로 아주 가까이 다가와서 앉은 진홍색 날개의 메뚜기까지 말이다. 잔뜩 공포에 질린 나는 두려움에 가만히 있는 메뚜기를 잡아먹을 생각도 못 했다.

하지만 늙은 자고새는 여전히 차분했다. 개 짖는 소리와 총격에 잔뜩 주의를 기울이고 있던 그는 소리가 가까워지면 내게 신호를 보냈다. 덕분에 우리는 좀 더 멀리, 사냥개들이 닿지 않는 곳으로 가서 이파리로 몸을 숨길 수 있었다. 그런데도 우리는 죽을 위기에 처한 적이 한 번 있었다.

우리가 통과해야 했던 길 양쪽에는 매복한 사냥꾼들이 지키고 있었다. 한쪽에는 시커먼 구레나룻을 기른 건장한 남자가 있었다. 그는 무릎까지 고리를 채워서 그의 덩치가 더욱 크게 보이도록 높은 각반을 차고 있었다. 그가 움직일 때마다 사냥칼, 탄띠, 화약통 등이 소리를 냈다. 다른 쪽 끝에는 나무에 기댄 작은 노인이 나른한 듯 반쯤 눈을 감고서 평화로이 파이프 담배를 피우고 있었다. 그 노인은 무섭지 않았다. 하지만 저쪽의 커다란 사내는……

"너는 아무것도 모르는구나, 로제."

내 친구가 웃으면서 말했다. 그러고는 두려워하지 않고 날개를 활짝 펴고서 구레나룻을 기른 무시무시한 사냥꾼의 무릎 가까이 날아갔다. 그 불쌍한 사내는 온갖 사냥 도구에 옭매어 있었고 머리끝에서 발끝까지 자기도취에 푹 빠져 있었다. 그가 총을 들어 어깨에 댔을 때 우리는 이미 사정권 밖이었다. 아! 그 사냥꾼들은 숲 한구석에 자기네끼리만 있다고 믿고 있었겠지만 얼마나 많은 작은 눈들이 덤불 속에서 그들을 살폈는지 모른다. 또 얼마나 많은 작고 뾰족한 부리들이 서투른 사냥꾼들을 보고 웃음을 참았는지!

우리는 계속해서 전진했다. 내 늙은 동료를 쫓아가는 것 외에 달리 방법이 없었으므로 나는 그가 날개를 파닥이면 함께 날개를 폈고 그가 멈추면 즉각 날개를 접고 움직이지 않았다.

우리가 지나온 곳들이 아직도 눈에 선하다. 노란 나무 밑 땅속에 둥지를 잔뜩 갖고 있던 분홍빛 뇌조 무리, 죽음이 숨겨져 있을 것만 같던 커다란 떡갈나무숲, 내 어머니 '페르

드리'가 우리 형제들을 데리고 5월의 태양 아래서 숱하게 산책했던 그 작고 푸른 가로수 길……. 그 가로수 길에서 우리는 발 위로 기어오르는 붉은 개미들을 쪼면서 펄쩍펄쩍 뛰었고 암탉처럼 둔하고 겁멋이 든 작은 꿩들과 마주치곤 했다. 하지만 그 꿩들은 우리와 함께 놀고 싶어 하지 않았다.

내가 그 작은 가로수 길을 꿈결처럼 바라보고 있을 때 암사슴 한 마리가 그 길을 가로질러 갔다. 가늘고 긴 다리와 커다랗게 뜬 눈으로 언제든 뛰어오를 준비가 돼 있는 암사슴이었다. 그다음에는 늪이 나타났다. 우리 자고새들은 열다섯 또는 서른 마리씩 무리를 지어 이 늪으로 모여들곤 했다. 들판에서 날아오르면 금방 늪에 도착했다. 우리는 함께 샘물을 마셨다. 그때마다 작은 물방울들이 튀어 올라 우리의 빛나는 깃털 위에서 굴렀다. 그 늪 한가운데는 작은 오리나무들이 빽빽이 들어서 숲을 이루고 있었다. 우리는 그 작은 섬에 몸을 숨겼다. 사냥개들이 뛰어난 코를 갖고 있지 않은 한 우리를 찾기 어려울 터였다.

저기 머문 지 얼마 안 되었을 때 다리를 절뚝이는 노루 한 마리가 이끼 위에 붉은 자국을 남기며 다가왔다. 너무나 슬픈 광경에 나는 머리를 이파리 아래로 감췄다. 다친 노루가 열에 들떠 헐떡거리며 물을 마시는 소리가 들려왔다.

해가 졌다. 총소리가 멀어져 가더니 점점 뜸해졌다. 얼마 뒤 총소리가 멈췄다. 사냥이 끝난 것이다. 우리는 자고새 무리가 어떻게 되었는지 알아보려고 들판으로 천천히 돌아왔다.

숲의 작은 집 앞을 지나면서 나는 끔찍한 광경을 목격했다. 구덩이 옆에 적갈색 토끼들과 하얀 꼬리를 가진 회색 새끼 토끼들이 나란히 누워 있었다. 죽음으로 오므라든 작은 다리는 용서를 구하며 비는 것 같았고 잠긴 눈에서는 눈물이 흐르는 것만 같았다. 그리고 빨간 자고새들과 내 친구처럼 말굽 무늬를 가진 회색 자고새들, 나처럼 아직도 솜털이 나 있는 올해 태어난 새끼 자고새들도 쓰러져 있었다. 죽은 새보다 더 슬픈 존재가 어디 있겠는가? 날개는 아직도 건재한데! 차갑게 접혀 있는 날개들을 보자 몸이 부르르 떨렸다. 멋지고 침착한 큰 노루 한 마리가 쓰러져 있는 모습도 눈에 띄었다. 작은 분홍빛 혀가 무언가 핥으려는 듯 입 밖으로 삐져나와 있었다.

사냥꾼들은 그 도살 현장 위로 몸을 구부리고 있었다. 그들은 피 흘리는 다리, 찢어진 날개들을 세며 동물들을 자루 안에 집어넣었다. 앞으로의 여정을 위해 묶어 둔 개들이 축

250

늘어진 입술을 찌푸렸다. 숲으로 다시 돌진할 기세였다.

오! 해가 기울고 그들 모두가 기진맥진해서 저녁 이슬로 축축한 오솔길과 흙덩어리 위에 자신들의 그림자를 길게 남기면서 떠나는 동안, 나는 그 인간들과 짐승들을 얼마나 저주하고 증오했던가! 날이 저물어 가던 그때 내 친구도 나도 잘 가라는 짧은 인사조차 던질 용기가 없었다.

우리는 가는 길에 불쌍한 작은 짐승들과 마주쳤다. 우연히 총에 맞아서 그대로 버려진 그들은 개미들의 밥이 되었다. 주둥이에 흙먼지가 가득한 들쥐들, 까치들, 날아가다가 즉사한 제비들이 발라당 쓰러져서 작고 뻣뻣한 발을 밤하늘을 향해 뻗고 있었다.

금세 내려앉은 가을밤은 맑고 촉촉했다. 그러나 가장 서글픈 것은 숲과 목초지 기슭에서 그리고 저 멀리 강가의 버드나무 숲에서 들려오는 불안하고 구슬픈 울음소리였다. 그 소리에 아무도 대답하지 않았다.

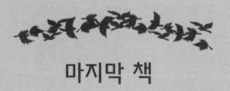

마지막 책

내가 그의 집에 들어섰을 때 누군가 계단에서 이렇게 말했다.

"그분이 돌아가셨어요."

사실 나는 벌써 며칠 전부터 그의 부음이 들려올 것을 예감하고 있었다. 게다가 언젠가는 그의 부음을 이 문간에서 접하게 되리라는 것도 알고 있었다. 그러나 예감과는 달리 그의 부음은 전혀 예기치 못했던 사건처럼 나를 무척 당황하게 했다. 그것은 내 가슴을 마구 뛰게 하고 입술을 마르게 했으며 조바심을 갖게 했다. 나는 그의 누추한 거처로 들어갔다. 그 집은 서재가 가장 큰 자리를 차지하고 있고, 마치 학문이 독재자인 것처럼 그의 집안에서 가장 안락하고 밝은 자리를 차지하고 있었다.

예상했던 대로 그는 매우 낡고 낮은, 쇠로 만든 침대 위에 누워 있었다. 그의 책상 위는 온갖 종이들로 어지러웠으며 펼쳐진 종이 한 장에는 페이지 중간에 멈춰진 글이 적혀 있었다. 그리고 아직 잉크병에 그대로 세워져 있는 펜은 그에게 죽음이 얼마나 갑작스럽게 닥쳤는지 말해주고 있었다. 필사본들과 원고와 여러 서류로 넘쳐나는 침대 뒤의 참나무 수납장은 반쯤 열려 있었고, 주변은 온통 책으로 꽉 차 있었다. 그 집에는 오로지 책뿐이었다. 의자, 책상, 바닥,

심지어 침대 밑까지 온통 책이 쌓여 있을 정도였다.

물론 그가 책상에 앉아 글을 썼을 때는 그런 정리 안 된 난장판 속에서도 먼지가 쌓이는 일은 없었을 것이다. 또 그 모든 것이 그의 눈을 즐겁게 했을 것이다. 어쩌면 그의 공간은 늘 생명력과 작업의 활기가 느껴졌을지도 모른다. 하지만 이제 죽음이 머물러 있는 방은 스산하기 이를 데 없었다. 쌓아 올린 채로 무너진 모든 책은 마치 주인을 따라 떠날 채비를 하는 여행자들 같았으며, 바람에 책장이 넘겨지며 강둑이나 노점의 중고 판매대에서 헤매게 될 준비를 하는 것만 같았다.

나는 그에게로 다가가 침대 위의 그를 포옹했다. 그는 이미 돌처럼 차갑고 딱딱했다. 나는 그의 이마에 입을 맞추면서 그 감촉에 대해 매우 놀랐으며 생소한 느낌으로 그를 쳐다볼 수밖에 없었다. 그때 갑자기 방문이 열리고 한 서점 직원이 쾌활한 표정으로 무거운 짐을 한 꾸러미 들고 들어와 숨을 헐떡였다. 그가 들고 있는 짐 꾸러미는 인쇄소에서 막 인쇄가 끝난 책이었다. 서점 직원은 그것을 그의 책상 위에 올려놓으며 말했다.

"바슐랭에서 보낸 것들입니다."

하지만 곧 침대를 흘깃 보던 그는 움찔하며 나를 한 번 쳐다보고 모자를 벗고는 조용히 돌아갔다.

그가 그토록 초조하게 기다리던, 한 달이나 늦게 도착한 책들, 환자가 그토록 초조하게 기다렸던 출판업자 바슐랭으로부터 보내진 그 책은 몹시도 아이러니한 물건이었다. 가엾은 친구 같으니라고! 그가 그토록 기대를 걸고 기다리던 그 책은 자신의 마지막 책이 되고 말았다.

깊어진 병으로 인해 열이 나면서 떨던 그의 두 손. 그 손으로 얼마나 고심하며 세심하게 마지막 교정을 보았을까! 그 교정을 보며 얼마나 서둘렀을까! 죽기 얼마 전 더는 말도 하지 못하게 되었을 때도 그의 눈은 책이 곧 도착할 저 문을 항상 응시하고 있었다. 인쇄공, 식자공, 제본공 같은 사람들이 그의 그 불안한 눈빛과 기다림의 눈빛을 볼 수 있었다면, 그들은 그의 시간에 맞추기 위해, 즉 책을 하루라도 더 빨리 만들기 위해 최선을 다했을 것이다. 그래서 새 책이 하루라도 더 빨리 완성되었더라면 죽어 가는 이에게서 이미 도망쳐 흐려지고 있는 생각을, 새로운 책의 향기와 선명한 활자 속에서 재발견하는 기쁨을 안겨주었을 것이다.

살아생전, 지금 죽어 누워 있는 이 문인에게 절대 질리지 않는 행복이 하나 있었다. 그것은 더는 막연한 상태의 머릿속 열정에서 작품을 보는 것이 아니라, 자기 작품의 초고를 펼쳐보고 그 작품이 울퉁불퉁한 활자로 고정된 것을 보는 것이었다. 이 얼마나 감미로운 느낌이었겠는가! 젊은이들에게는 마치 현기증처럼 느껴질 그것은. 글자들이 마치 우리들이 머리 위에 가득 햇빛을 받는 것처럼 파랑, 노랑 등으로 죽 누워서 반짝거리는 것과 같을 것이다. 그러나 잠시 후면 작가의 이 기쁨에는 금세 약간의 슬픔이, 자신이 말하고자 했던 것을 모두 말하지 못했다는 후회가 섞여 들게 마련이다. 작가에게 있어 이미 활자로 인쇄되어 나오는 글들은 자신의 머릿속에 품고 있던 작품보다 훨씬 떨어지기 마련이니까.

 얼마나 많은 것들이 머리로부터 손으로 이어지기까지 걸리는 시간의 여행 중에 길을 잃어버리는가! 꿈속 저 깊은 곳에 보았을 때 책 속의 생각은 마치 둥둥 떠 있는 음영처럼 바닷속을 지나가는 지중해의 예쁜 해파리들과 유사하다. 그래서 그것은 모래 위에 놓아두면 바람에 곧 말라버릴 몇 방울 무색의 물이다.

 아, 슬프다. 기쁨도 실망도, 이 가엾은 친구는 자신의 마지막 책에서 그토록 느끼고 싶어 했던 것을 찾지 못했으니……. 이제는 베개 위에 잠들어 있는, 꼼짝도 하지 못하는 무거운 머리, 그리고 그 옆에 새로 놓인 그의 새 책. 그것은 무적 마음 아픈 일이다. 이제 곧 그의 새로운 책은 수많은 서점의 진열장에 모습을 드러내고 길거리의 소음과 함께 일상의 생활 속에 휩쓸려버릴 것이다. 행인들은 기계적으로 제목을 읽고 작가의 이름과 함께, 자신들의 기억 속에 그의 새로운 책의 제목을 집어넣을 것이다. 그러나 그의 책에는 이름뿐만 아니라 영혼과 육신이 모두 있는 것이다. 곧 매장되어 잊힐 뻣뻣하게 굳은 몸, 작가에게서 떨어져 나온 영혼……. 그 모든 것이 그의 책 사이사이에 모두 갇혀 있는 것이다.

"증정본을 꼭 준다고 약속하셨는데……."

내가 그의 굳어진 몸을 보며 생각에 잠겨 있을 때 눈물을 쥐어짜는 듯한 목소리가 아주 낮게 들려왔다.

금테 안경 아래로 보이는 날카롭고 힐끔거리는 작은 눈, 나는 그의 얼굴을 언뜻 보았으나 그의 얼굴은 나뿐만 아니라 글을 쓰는 사람들이라면(나의 친구들을 포함해) 모두가 아는 얼굴이었다. 그 사람은 다름 아닌, 책이 광고되면 곧장 집으로 찾아와서 머뭇머뭇 뜸을 들이며 문을 몇 번씩 두드리곤 하는 책 수집가였다. 그는 늘 그랬듯이 굽실거리며 어설픈 미소를 짓고 들어와서는 여전히 머뭇머뭇하다가 "친애하는 선생님"이라 부르며 신간을 손에 넣지 않고는 돌아가지 않는 사람이었다. 오직 신간만을……. 그는 늘 이렇게 말했다.

"다른 건 전부 가지고 있습니다. 그런데 유독 선생님의 신간만은 아직 구할 수 없었기 때문에……."

그는 항상 아주 적절할 때 찾아온다. 그는 앞서 말한 것처럼 바로 그런(작가로서의) 기쁨에 젖어 있을 때, 혹은 신간 발송이니 헌정이니 하는 어수선한 가운데 들이닥치는 것이다. 아, 그 어떤 것도, 대답 없는 문도, 쌀쌀맞은 냉대도, 바람도, 비도, 먼 거리도 이 지독한 수집광인 작은 남자를 물리치지 못한다.

어제만 해도 아침엔 퐁프 거리에서 한 원로 문인 댁의 작은 문을 살살 두드리는 것을 보았고, 저녁 무렵에는 사르두의 새 희곡을 팔에 끼고 마를리에서 돌아오는 것을 보았다. 그는 늘 이런 식으로 항상 여기저기 찾아다니며 일하지 않고 일생을 보내고 있는 것이다. 게다가 그는 돈은 전혀 들이지도 않고 자신의 서가를 채워가는 것이다. 그래서 이 사람의 책에 대한 강한 집념은 결국 이렇게 죽은 사람의 머리맡에까지 그를 끌어들인 것이다.

"자! 가져가세요, 증정본."

내가 그 작은 남자에게 짜증을 내며 말했다.

그는 책을 집는 것이 아니라 거의 쓸어 담고 있었다. 그는 일단 책을 주머니 아주 깊숙이 넣고 나서, 움직이지도 않고 말도 하지 않은 채 고개를 한쪽으로 돌리고 애처로운 표정을 짓고 안경을 닦으며 가만히 있었다. 그는 무엇을 기다리는 것일까? 무엇이 그를 붙잡아두고 있는 것일까? 작가의 죽음 앞에서도 한 권의 신간을 얻기 위해 찾아온 자신의 뻔뻔함 때문일까? 그래서 바로 자리를 뜨는 것이 창피하고 쑥스럽기 때문일까? 그런데 아니었다.

죽은 그의 책상 위에 놓인, 반만 뜯긴 포장지에 둘러싸인 채 재단되지 않고 두꺼운 테두리에 가장자리가 넓으며 꽃무늬 장식과 장식 컷도 있는 소장본 몇 권을 알아보았기 때문이었다. 그의 애처로운 태도 속에 온전히 숨겨져 있던 소장본 몇 권. 그의 눈길과 생각은 모두 거기에 있었다. 그는 탐욕의 눈초리로 그것을 훔쳐보고 있었던 것이다.

가엾은 인간! 그러나 나도 어쩔 수 없이 감정에 질질 끌려다니며 눈물을 흘리면서도 시신의 머리맡에서 연출되고 있는 이 가슴 아픈 작은 연극을 그저 지켜만 보고 있지 않은가.

책 수집가는 살금살금 조심스럽게, 눈에 띄지 않게 조금씩 움직여 책상 곁으로 다가갔다. 그리고 그의 손은 마치 우연인 것처럼 그 책들 가운데 한 권 위에 올려졌다. 그는 책을 뒤집어보고, 펴보고, 책장을 만져보더니 숨죽이며 감탄사를 내뱉었다. 그의 눈은 점점 빛났고 피는 얼굴로 솟구쳤다. 책이 가진 어떤 신비로운 힘이 그의 가슴속에서 작용하는 것처럼 보일 정도였다. 그러다 그는 마침내 참을 수 없다는 듯이 책 하나를 집어 들고서는 이렇게 말했다.

"이건 생트 뵈브 씨에게 드려야겠네요."

그는 흥분과 불안 그리고 이 책을 도로 빼앗기지 않을까 하는 두려움으로 가득 차 있었다. 그리고 그것을 생트 뵈브 씨에게 주기 위해서 자신이 관심을 가졌을 뿐이라는 것을 알리기 위해(마치 납득시키기 위한 것처럼) 무어라 표현하기 힘든 엄숙함을 띠고 매우 심각하게 덧붙였다.

"아카데미 프랑세즈 회원이신……"

그리고 그는 사라졌다.

어머니들

– 파리 포위 시절의 기억

그날 아침 나는 화가이자 센강의 기동대 중위인 친구 B를 만나기 위해 발레리엥 산으로 갔다. 내 친구는 근무 중이었던 탓에 꼼짝을 할 수 없었다. 순찰하는 수병처럼 우리는 요새 문 앞을 왔다 갔다 하며 파리와 전쟁 그리고 이제는 곁에 없는 친구들에 대한 이야기를 나누었다. 순간, 기병대 중위의 제복 속에서 아직 예전의 화가 모습을 간직하고 있던 친구가 말을 하다 말고 갑자기 발을 멈추고 내 팔을 잡아끌었다.

"오! 저기 도미에의 그림처럼 아름다운 광경을 좀 봐."

친구가 나지막한 목소리로 말했다. 사냥개처럼 반짝이는 그의 작은 회색 눈이 발레리엥 산 중턱에 나타난 두 사람에 고정되어 있었다.

정말 도미에의 그림처럼 아름다운 광경이었다. 남자는 고목에 낀 이끼처럼 푸르스름한 색의 벨벳 깃이 달린 긴 밤색 프록코트를 입고 있었다. 몸이 마르고 키가 작았으며, 발그레한 얼굴에 이마는 움푹 파였고, 동그란 눈에 코는 올빼미의 부리처럼 매부리코였다. 그의 주름진 얼굴은 근엄하고 우직해 보였다. 그의 손에는 꽃 자수를 놓은 장바구니가 들려져 있었다. 바구니 밖으로 병 주둥이가 삐져나와 있었고 다른 손잡이 밑으론 통조림이 보였는데, 파리 시민들에게 다섯 달 동안의 파리 봉쇄를 떠올리게 하는 바로 그 양철 통조림이었다. 여자에게서 가장 먼저 눈에 띈 것은 커다랗고 둥근 앞 챙이 달린 모자였다. 몸의 위아래로 촘촘하게 두른 낡은 솔은 자신의 곤궁함을 보여 주는 듯했다. 힘없이 흔들리는 후드의 주름 장식 사이로는 그녀의 뾰족한 코끝과 잿빛의 빈약한 머리카락이 언뜻언뜻 드러났다.

고원 위의 평평한 곳에 이르자 남자는 멈춰 서서 숨을 고르고 이마의 땀을 닦았다. 안개 낀 십일월 말의 날씨가 덥지는 않았지만, 그들은 너무 빨리 걸었던 것이다! 하지만 여자는 걸음을 멈추지 않았다. 요새의 관문으로 곧바로 걸어온 그녀는 할 말이 있다는 듯 잠시 주저하며 우리를 바라보다가 친구의 장교 계급장에 주눅이 들었는지 보초병에게 가서 말을 걸었다. 3대대 6중대의 파리 기동 대원인 아들을 만나보고 싶다고 수줍게 이야기하는 여자의 목소리가 들려왔다.

"여기 계십시오. 아드님을 불러오겠습니다."

보초병이 말했다. 그녀는 기쁨과 안도의 한숨을 내쉬며 남편에게로 돌아갔고 두 사람은 멀찍이 경사면 끝에 걸터앉았다.

그들은 꽤 오랫동안 기다려야 했다. 발레리엥 산은 무척

265

넓은 데다 그 위에 훈련장과 제방, 보루, 막사, 참호 등이 복잡하게 흩어져 있었다! 마치 라퓨타 섬처럼 땅과 하늘 사이에 떠서 소용돌이치는 구름에 둘러싸인 이곳에서, 6중대 소속의 병사 한 명을 찾기란 쉬운 일이 아니었다. 게다가 북소리와 나팔 소리, 뛰어다니는 병사들과 달그락거리는 양철 찬합 소리로 무척이나 소란스러운 시간이었다. 보초 교대, 사역, 배급, 의용대의 몽둥이찜질에 피투성이가 되어 끌려오는 스파이들, 사령관에게 항의하러 온 낭테르의 농부들, 말을 달려 도착한 전령들(사람은 추위에 얼어붙었고, 말은 땀으로 흥건했다), 흔들리는 노새의 허리춤에서 병든 양처럼 앓는 소리를 내며 전선에서 돌아오는 부상병들, 피리 소리와 '영차영차' 하는 구령에 맞춰 새 대포를 옮기는 수병들, 손에 막대를 들고 어깨에서 허리로 소총을 비스듬히 멘 채 가축 떼를 몰고 오는 빨간 바지의 목동들……. 이 모든 것들이 훈련장을 오가고 섞이며, 마치 동방의 대상들이 숙소의 낮은 문을 통과하는 듯 요새의 문으로 몰려오고 있었다.

'내 아들을 잊지 말아야 할 텐데!' 그 와중에도 가엾은 어머니의 눈은 이렇게 말하고 있었다. 그리고 오 분마다 슬며시 일어나 입구 쪽으로 다가가 벽에 몸을 붙이고 훈련장을 조심스레 살펴보곤 했다. 하지만 어머니는 혹시 아들을 웃음거리로 만들까 봐 더 이상 묻지 못했다. 그녀보다 소극적인 남편은 구석에 가만히 앉아있었다. 그녀가 낙담한 얼굴로 돌아와 앉을 때마다 남자는 아내의 조급함을 타박했고, 어리숙한 몸짓으로 잘난 체하며 군대 규율의 중요성을 상기시켜 주곤 했다.

나는 길을 가다가 우연히 마주치는, 보이는 것보다 많은 것을 짐작하게 해 주는 사소한 장면들로 이어지는 침묵의 드라마나 하나의 동작이 그 사람의 모든 존재를 드러내 주는 거리 무언극에 늘 많은 관심을 가지곤 했다.

그런데 지금 벌어지는 극에서 특히 나를 사로잡은 것은 두 명의 등장인물들이 보여 주는 서투름과 순박함이었다. 나는 대천사의 영혼을 지닌 두 주인공이 벌이는 조용하지만 웅변적인, 박진감 넘치는 가정 드라마를 감상하며 진정한 감동을 느끼고 있었다.

나는 어느 날 아침 어머니가 말하는 장면을 떠올려 보았다.

"그 트로쉬라는 사람이 그따위 명령을 내리는 바람에……. 벌써 석 달이나 우리 애 얼굴을 보지 못했어요……. 어서 가서 우리 아이를 안아 보고 싶은데……."

소심하고 세상일에 약삭빠르지 못한 아버지는 허가증을 얻어내는 절차가 두려워 처음에는 아내를 설득한다.

"여보, 그건 꿈도 꾸지 마오. 발레리엥 산까지 가려면 얼마나 먼 데. 차도 없이 어떻게 갈 수 있겠소? 게다가 거기는 요새란 말이오! 여자들은 들어갈 수도 없어요."

"어쨌든 전 갈 거예요."

어머니는 말한다. 아내가 원하는 건 무엇이든 해 주고 싶은 남편은 결국 일을 추진한다. 땀을 뻘뻘 흘리고 때론 추위에 떨기도 하면서…… 입구를 잘못 찾기도 하고 사무실 앞에서 두 시간을 줄 서서 기다리고 때로는 헛걸음질하기도 하면서…… 이렇게 도청과 시청, 군 사령부, 경찰서를 찾아다니던 어느 날 저녁, 드디어 그가 사령관의 허가증을 주머니에 넣고 집으로 돌아온다!

다음 날 쌀쌀한 날씨 속에 그들은 새벽에 일어나 불을 밝힌다. 아버지는 몸이라도 녹이려고 간단한 식사를 한다. 하지만 어머니는 입맛이 없다며 끼니를 거른다. 아들과 함께 점심을 먹고 싶은 것이다. 그들은 가엾은 군인 아들을 조금이라도 배불리 먹이기 위해 초콜릿, 잼, 밀봉한 포도주, 통조림 등 집에 있던 식량은 물론 비상시를 위해 소중히 보관하고 있던 8프랑짜리 통조림까지 바구니 속에 모두 채워

넣는다. 이렇게 준비하고 그들은 길을 떠난다. 그들이 성곽에 도착했을 때는 막 성문이 열리고 있었다. 허가증을 보여주어야 한다. 어머니는 불안하다······. 하지만 그럴 필요는 없다! 허가증에는 별문제가 없다.

"통과하십시오!"

당직 부관이 말한다. 그제야 여자는 안도의 한숨을 내쉰다.

"장교님이 무척 친절하네요."

여자가 자고새처럼 종종걸음을 친다. 남자는 간신히 그녀와 보조를 맞춘다.

"여보, 걸음이 너무 빨라요."

하지만 그녀에겐 남편의 말이 들리지 않는다. 지평선의 안개 너머로 발레리엥 산이 그녀를 부르고 있다.

"빨리 좀 오세요······. 그 애가 여기 있다고요."

하지만 그들이 도착했을 때 또 다른 걱정거리가 생겼다. 아이를 찾지 못한다면! 아이가 나오지 못한다면, 어떡하지?

순간, 그녀가 뭔가에 소스라친 듯 남편의 팔을 치며 벌떡 일어선다. 멀리 요새 관문의 아치형 통로에서 아들의 발소리를 들은 것이다.

아들이 틀림없다!

아들이 나타나자 눈앞의 요새가 빛을 내는 듯 환해진다.

정말이지 키가 크고 잘생긴 청년이다! 배낭을 메고 손에는 소총을 움켜쥐고 있다. 청년이 밝은 얼굴로 부모님에게 다가가 늠름하고 쾌활한 목소리로 말한다.

"어머니, 잘 지내셨어요?"

그와 함께 배낭이며 모포, 소총 등이 어머니의 커다란 모자챙 속으로 사라진다. 다음은 아버지 차례였지만 인사는 짧다. 커다란 챙 모자가 청년을 독차지하려 하기 때문이다. 아무리 포옹해도 모자란다…….

"잘 지내니? 옷은 따뜻하게 입고 다니고? 속옷은 어디서 갈아입니?"

외투에 달린 두건의 주름 장식 아래서 어머니는 아들의 볼에 입을 맞추고, 눈물을 흘리다가 엷은 미소를 지으며, 발끝부터 머리끝까지 깊은 사랑의 눈빛을 보내고 있다. 석 달 동안 미뤄 두었던 모정을 한꺼번에 쏟아 내려는 것이다. 감정이 북받치기는 마찬가지지만 아버지는 애써 내색하지 않으려 한다. 우리가 쳐다보고 있다는 걸 눈치채고는 눈을 찡긋거리며 그는 이렇게 말한다.

"이해하세요……. 여자잖아요."

물론 이해하고말고!

이 아름다운 기쁨의 순간, 갑자기 나팔 소리가 울린다.

"소집이에요. 지금 가 봐야 해요."

아들이 말한다.

"뭐라고? 점심도 같이 못 하고?"

"안 돼요, 그럴 수 없어요⋯⋯. 저 요새 꼭대기에서 온종일 보초를 서야 해요."

"이런!

가엾은 어머니가 탄성을 지른다. 그녀는 더 이상 말을 잇지 못한다. 세 사람은 한참을 아쉬운 표정으로 마주 본다. 아버지가 먼저 말을 꺼낸다.

"그럼 이 통조림이라도 가져가거라."

맛있는 음식을 내주어야 하는 대식가의 코믹하고도 안타까운 표정을 애써 지어보지만, 목소리가 갈라진다.

그런데 작별의 아픔과 감동 속에서 그 빌어먹을 통조림이 보이지 않는다. 당황하여 떨리는 손길로, 수치심도 잊은 채, 큰일이라도 난 듯 보잘것없는 물건을 찾아 "통조림, 통조림 어디 갔지?"라고 외치는 그 목소리는 얼마나 가슴 아픈지⋯⋯. 결국 통조림을 찾아냈고, 마지막 긴 포옹을 한 뒤 아들은 뛰어 요새로 돌아간다.

상상해 보라. 그들은 아들과 점심을 함께하기 위해 먼 길을 달려왔고 어머니는 성대한 축제를 기대하며 밤잠을 설쳤다. 이렇게 천국의 문이 반쯤 열리다가 일순간 닫혀 버린 듯, 기대했던 파티가 무산되었을 때처럼 비통한 경우가 또 있을까?

부부는 아들이 방금 사라진 관문에서 눈을 떼지 못한 채 한참을 그 자리에 못 박힌 듯 서 있었다. 남자가 두세 번 기침하고는 결심한 듯 높고 힘찬 목소리로 쾌활하게 외쳤다.

"자, 이제 갑시다!"

그는 우리에게 인사를 한 뒤 아내의 팔을 잡았다. 나는 눈길로 두 사람을 길모퉁이까지 배웅했다. 아버지는 낙담하여 화가 난 듯 바구니를 흔들며 걷고 있었다. 오히려 어머니는 차분하게 고개를 숙이고 팔을 몸에 바짝 붙인 채 걸었다. 그러나 이따금 그녀의 좁은 어깨 위에서 낡은 숄이 경련하는 듯 떨리는 것이 보였다.

프랑스 요정

- 환상적인 이야기

"피고는 일어나시오."

재판장이 말했다.

여자 방화범들이 앉아 있는 보기 흉한 의자에서 움직임이 있더니, 그 무언가 형체가 불분명한 것이 몸을 떨면서 난간으로 와서 몸을 기댔다. 넝마, 구멍들, 헝겊 조각들, 가는 끈들, 시든 꽃들, 깃털 장식 덩어리라고 하는 것이 옳았다. 그리고 그 아래 시들고, 햇볕에 그을리고, 주름지고, 살갗이 튼 가련한 얼굴이 있었다. 주름살 한가운데서 작고 검은 두 눈이 마치 낡은 벽 틈새에 숨어 있는 도마뱀처럼 악의로 번뜩이고 있었다.

"이름은?"

"멜리쥔느."

"뭐라고……?"

그녀는 매우 엄숙한 목소리로 되풀이했다.

"멜리쥔느"

용기병 연대장처럼 짙은 콧수염을 한 재판장이 잠시 웃음을 짓더니 이어서 눈썹 하나 까딱하지 않고 말을 이었다.

"나이는?"

"이제는 모릅니다."

"직업은?"

"나는 요정입니다······!"

순간 방청객, 변호인, 심지어 검찰까지도 모두 웃음을 터뜨렸다. 하지만 노파는 조금도 동요하지 않았다. 그녀는 작지만 낭랑하고 떨리는 목소리로 말을 이었다. 그녀의 목소리는 법정 드높이 솟아올라 마치 꿈속에 들리는 목소리인 양 법정 안을 감돌았다.

"아, 프랑스의 요정들이여, 모두 어디로 갔는가? 여러분, 모두 죽었답니다. 제가 마지막 요정이지요. 이제 저밖에 남지 않았답니다. 정말이지, 너무나 큰 손실입니다. 프랑스에 요정들이 있었을 때 프랑스는 훨씬 아름다웠으니까요.

우리 요정들은 우리나라의 시였고, 신앙이었으며 천진함이었고 젊음이었습니다. 덤불로 뒤덮인 공원 깊숙한 곳, 샘가의 돌, 고성의 망루, 연못에 피어오른 안개, 늪이 있는 드넓은 광야 등, 우리들이 자주 가곤 하던 곳은 우리를 맞이하면서 무언가 마법의 기운을 띠게 되었고 한결 고결해졌지요. 사람들은 전설이 지닌 환상적인 빛에 힘입어, 우리들이 달빛 줄기를 타고 치맛자락을 끌며 사방을 돌아다니는 모습, 풀잎 끝을 밟으며 초원을 달리는 모습을 볼 수 있었지요. 농부들은 우리들을 사랑하고 숭배했습니다.

천진난만한 상상력 속에 진주를 두른 우리의 이마, 우리의

277

지팡이, 우리의 마법에 걸린 물레는 숭배와 동시에 얼마간의 두려움의 대상이기도 했습니다. 그래서 우리의 샘은 언제나 맑았지요. 우리가 지키고 있는 길에서는 쟁기도 멈추었습니다. 우리들이 이 세상에서 나이가 가장 많기에 우리는 모든 오래된 것들을 존중했고 그 덕분에 사람들은 프랑스 이쪽 끝에서부터 저쪽 끝까지 숲이 자라고 돌들이 저절로 무너질 때까지 내버려 두었습니다.

하지만 시대가 변했습니다. 철도가 생겼습니다. 터널을 뚫고 연못을 메우고 수많은 나무를 잘라내는 바람에 더 이상 우리 요정들이 있을 곳이 없어졌습니다. 농부들도 점차로 우리를 믿지 않게 되었습니다. 저녁에 우리가 덧창을 두드리면 로뱅은 '바람이 부는군'이라고 중얼거리며 다시 잠을 청했습니다. 아낙네들은 우리들의 연못으로 와서 빨래를 했습니다. 그때부터 우리에게는 모든 게 끝장난 거지요. 우리는 대중들의 믿음으로 살아가는데 그 믿음을 잃는다면 모든 것을 잃은 셈이니까요.

우리의 요술 지팡이의 신비한 효력도 사라졌고 이전에 권세를 지닌 여왕이었던 우리가 이제는 잊힌 요정으로서 늙고 주름투성이의 심술궂은 할멈이 된 것입니다. 그와 함께 우리는 스스로 벌어먹어야 할 처지가 되었지요. 할 줄 아는 게 아무것도 없는 두 손으로 말입니다. 한동안 사람들은 숲에서 죽은 나무를 끌고 가거나 길가에서 이삭을 줍는 우리들과 마주치기도 했지요. 하지만 산지기는 우리를 모질게 대했고 농부들은 우리에게 돌을 던졌습니다. 그래서 시골에서 더 이상 밥벌이를 할 수 없게 된 가난한 사람들처럼 우리도 일자리를 찾아 도시로 오게 되었습니다.

방적 공장에 들어간 요정들도 있습니다. 또 겨울에 다리 모퉁이에서 사과를 팔거나 교회 문 앞에서 묵주를 판 요정들도 있었습니다. 우리는 오렌지 수레를 끌거나 행인들에게 1수짜리 꽃다발을 내밀기도 했지만 아무도 사주는 사람이 없었습니다. 아이들은 우리들의 흔들거리는 턱을 보고 놀려댔습니다. 경찰들은 우리를 쫓아냈으며 우리는 합승 마차에 치이기도 했습니다. 그러다가 병에 걸리고 굶주림에 시달리다가 이윽고 머리 위로 무료 구호소의 시트가……. 이런 식으로 프랑스는 모든 요정을 죽어가게 했습니다. 그리고 이제 그 벌을 받는 거지요!

그래, 그래, 이 양반들아, 실컷 비웃어! 어쨌든 더 이상 요정이 없는 나라가 어떤 꼴이 되었는지 우리는 보았으니까. 우리를 비웃기나 하던 배부른 농부들이 프로이센 군인들에게 곳간을 열어주고 길을 알려주는 모습을 보았지요. 그래요, 로뱅은 더 이상 요술을 믿지 않아요. 하지만 그 무엇보다 조국을 믿지 않게 되었지요……

아, 우리가 거기 있었더라면! 프랑스 땅을 밟은 독일인들은 한 명도 살아서 돌아가지 못했을 텐데! 우리의 지팡이와 도깨비불로 그들을 도랑에 처박을 수 있었을 텐데! 우리들의 이름을 달고 있는 모든 샘물에 마법의 음료를 섞어서 그들을 모두 미치게 만들었을 텐데! 우리가 달빛 아래 모여 마법의 주문으로 도로와 강을 뒤섞어버리고 놈들이 매복하고 있는 숲을 가시덤불과 잡초로 뒤엉키게 만들어놓았을 텐데! 그렇게 되면 프로이센 사령관인 몰트케의 고양이 같은 눈으로도 주변을 도저히 알아볼 수 없었을 텐데!

그렇게 되면 농부들은 우리와 함께 행군했겠지요. 우리들 연못에서 자라는 커다란 꽃들로 상처를 치료하는 약을 만들었을 것이고 거미줄을 붕대로 사용했겠지요. 그리고 전쟁터에서 죽어가는 병사는 자기 고향의 요정이 반쯤 잠긴 그의 눈 위로 고개를 숙여, 숲 한 자락이나 길모퉁이 등 그의 고향을 떠오르게 하는 그 무언가를 보여주고 있는 모습을 볼 수 있겠지요. 국가적인 전쟁 혹은 성전을 한다는 것은 바로 그런 것입니다. 아아, 하지만 더는 믿음이 존재하지 않는 나라, 요정이 사라진 나라에서는 그런 전쟁은 불가능하답니다."

여기서 떨리는 작은 목소리가 잠시 말을 멈추었고 대신 재판장이 입을 열었다.

"그 이야기들로는 당신이 병사들에게 체포되었을 때 몸에 지니고 있던 석유로 무슨 짓을 했는지는 알 수가 없군."

"네, 재판장님, 저는 파리를 불태우고 있었지요."

노파가 차분하게 대답했다.

"저는 파리를 증오하기에 불을 질렀어요. 파리가 모든 것을 비웃었기에, 파리가 우리를 죽였기에 불을 질렀어요.

학자들을 보내 우리들의 아름다운 기적의 샘을 분석하게 만들고 그 안에 철과 황이 얼마나 포함되어 있는지 밝히게 만든 것도 파리예요. 파리의 극장에서는 우리들을 비웃었지요. 우리들의 마법은 사기가 되어버렸으며 우리가 일으키는 기적은 상스러운 농담이 되어버렸어요. 그리고 불꽃놀이의 흐릿한 불빛 아래에서 천박한 얼굴들이 우리들의 장밋빛 복장을 한 채, 우리들의 날개 달린 수레를 타고 지나가는 것을 하도 많이 보았기에 사람들은 우리들 생각만 해도 비웃음을 흘리지요……

우리들의 이름을 알고 우리를 사랑하며 우리를 약간 두려워하는 아이들이 있긴 해요. 하지만 파리는 우리들의 이야기를 배울 수 있는 황금빛의 아름다운 그림책 대신 아이들의 손에 어린이용 과학책을 안겨주었어요. 그 두꺼운 책은 아이들에게 마치 회색 먼지 같은 따분함을 불러일으키고 아이들의 눈에서 우리들의 마법에 걸린 성, 마법의 거울을 지워버리지요. 오, 그래요! 나는 당신들의 파리가 불타는 모습을 보고 기뻐했답니다……. 여자 방화범들의 석유통을 채운 것도 바로 나고, 불 지르기 좋은 곳으로 데려간 것도 바로 나예요! '자, 나의 딸들아! 모든 것을 불태워라! 불태워라! 불태워라……!'"

"이 여자는 분명 제정신이 아니군."

재판장이 말했다.

"이 여자를 데리고 가시오."

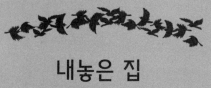

내놓은 집

이가 잘 맞지 않는 나무 대문의 틈새로 정원의 모래와 길가의 흙이 뒤섞였다. 이 대문 위에는 오래전부터 벽보가 하나 붙어 있었다. 한여름엔 꼼짝하지 않고 햇볕에 그을리다가 가을이 되면 바람에 흔들거리는 벽보에는 '내놓은 집'이라고 쓰여 있었는데, 그 때문인지 집은 폐가를 연상케 했고 주변엔 적막감마저 감돌았다.

하지만 이 집엔 누군가 살고 있었다. 담장보다 조금 높은 벽돌 굴뚝에선 가늘고 푸르스름한 연기가 피어올랐다. 그 연기는 마치 가난한 이의 입김처럼 조용히 숨어서 쓸쓸하게 살아가는 누군가의 존재를 드러내고 있었다. 그리고 흔들거리는 대문 안쪽으로는 버려졌다거나, 내놓은 집이라거나, 이사 갈 것이라는 느낌과 달리 잘 정돈된 정원길이나 아치형 그늘막이 보였다. 물뿌리개도 우물가에 잘 놓여 있었고 창고 옆의 원예 도구들도 헛간 벽에 가지런히 세워져 있었다. 흔히 볼 수 있는 농가와 다르지 않은 풍경이었다. 경사진 정원에 계단을 놓아 평형을 이루도록 지었는데, 그늘진 측면 계단을 오르면 2층으로 올라가고 남쪽 계단으로 올라가면 1층이 나왔다. 건물 옆쪽은 일종의 온실 역할을 하고 있었다. 층계 위쪽엔 화분용 유리 뚜껑들과 빈 화분들이 엎어진 채 포개져 있고 다른 쪽에는 희고 따뜻한 모래 위에 제

라늄과 마편초 등을 심은 화분들이 가지런히 놓여 있었다. 두서너 그루의 커다란 플라타너스들과 함께 정원은 햇볕을 가득 받고 있었다. 철사와 지지대 위에서 햇살을 가득 받으며 부채꼴로 가지를 뻗은 과실 나무들은 열매가 잘 자라기 위해 가지치기를 해 놓은 상태였다. 딸기나무와 덩굴손을 길게 뻗은 완두콩도 있었다. 이렇게 질서 정연하고 적막감이 흐르는 집에서 밀짚모자를 쓴 노인이 이른 아침부터 화초에 물을 주고 가지를 치고 다듬으며 온종일 정원을 오갔다.

노인은 그 지방에 전혀 연고가 없었다. 마을로 난 유일한 길로 다니며 빵을 배달해 주는 빵집 마차꾼을 빼고 찾아오는 사람도 없었다. 가끔 과수원을 하기 위해 산 중턱의 비옥한 땅을 찾던 사람들이 지나가다 벽보를 보고 초인종을 누르곤 했다. 처음엔 아무 대답도 없다가 두 번 초인종을 누르면 비로소 정원 안쪽에서 천천히 다가오는 나막신 소리가 났다. 그리고 노인이 화가 난 얼굴로 문을 열었다.

"무슨 일이오?"

"집을 파실 겁니까?"

"그래요……. 팔려고 내놨소. 그런데, 미리 말씀드리자면 가격이 매우 비싸다오."

그리곤 당장 문을 닫아 버리려는 식으로 빗장을 잡는 것이었다. 그의 눈은 방문자를 몰아내려는 듯 노기로 가득 차 있어서 마치 자기 채소밭과 작은 모래 정원을 지키려는 한 마리의 용 같았다. 사람들은 발길을 돌리면서, 그렇게 집을 지키고 싶으면 왜 팔려고 내놓았는지, 혹시 노인이 미친 건 아닌지 고개를 갸웃거리곤 했다.

이 수수께끼는 곧 풀렸다. 어느 날, 이 작은 집 앞을 지나가던 나는 큰 소리로 다투는 소리를 들었다.

"아버지, 집을 팔아야 해요, 팔아야 한다고요. 그러기로 하셨잖아요."

이어서 심하게 떨리는 노인의 목소리가 들렸다.

"그래, 얘들아, 나도 팔고 싶단다……. 봐라! 저렇게 벽보도 걸어놓았잖니."

그제야 나는 파리에서 작은 가게를 하는 노인의 아들이며 며느리들이 그가 그토록 아끼는 이 집을 팔도록 강요하고 있다는 사실을 알게 되었다. 왜 그런 것인지 자세한 사연은 알 수 없었다. 하지만 확실한 것은 일이 너무 오래 걸린다고 판단한 아들, 며느리들이 이후로는 일요일마다 찾아와 불쌍한 노인을 집요하게 설득하고 재촉한다는 것이었다. 일주일 내내 경작하고 씨를 뿌린 뒤 땅조차 휴식한다는 일

288

요일의 평온함 속에서 다툼 소리는 길가까지 들려왔다. 파리에서 가게를 하고 있다는 아들과 며느리는 투구 놀이를 하는 중에도 언쟁을 벌였다. 그들의 날카로운 목소리들 속에서 '돈'이라는 단어가 마치 부딪치는 쇳조각 소리처럼 싸늘하게 울려 퍼졌다. 저녁이 되어 모두 돌아가면 노인은 그들을 배웅했다. 그리고 재빨리 돌아서서는 또 일주일을 벌었다는 사실에 행복해하며 대문을 닫는 것이다. 이렇게 해서 집은 또다시 일주일 동안 조용해질 수 있었다. 햇볕 아래 타는 작은 정원에서는 모래를 밟는 무거운 발소리와 갈퀴로 땅을 긁는 소리만 들려왔다.

그러나 한 주 한 주 지나갈수록 노인은 더욱 압박에 시달리며 고통을 받아야 했다. 파리에서 가게를 하는 아들 부부는 온갖 수단을 동원했다. 손자들을 데리고 와서 노인의 마음을 움직이려고도 했다.

"할아버지, 집이 팔리면 할아버지는 우리와 함께 사실 거잖아요. 같이 살면 좋겠어요!"

그러면서 저희끼리 속닥대고, 정원을 이리저리 왔다 갔다 하고, 큰 소리로 돈을 계산하기도 했다. 하루는 딸 중 하나가 악을 쓰는 소리가 들리기도 했다.

"이 헛간 같은 집은 아무 가치가 없어요, 그냥 부숴 버리

289

는 게 낫다고요!"

노인은 아무 말 없이 듣고만 있었다. 그들은 마치 노인이 이미 죽은 듯 이야기하고 집이 벌써 헐려 버린 듯 이야기했다. 노인은 눈물을 글썽이면서도 늘 그랬던 것처럼 굽은 허리로 정원을 오가며 가지들을 쳐내고 과실을 보살필 뿐이었다. 노인의 삶은 이미 이곳 좁은 땅에 깊이 뿌리박혀 있어서 절대 억지로 떼어낼 수 없을 것 같았다. 사실, 노인은 누가 뭐라고 하든 간에 이 집을 떠나게 될 날을 될 수 있는 한 미루고 싶어 했다. 그 여름 더위가 덜해 버찌며 까치밥나무며, 까막까치밥나무 열매에 신맛이 가시지 않으면 노인은 이렇게 혼자 중얼거렸다.

"수확이 끝날 때까지 기다리자. 수확이 끝나면 집을 바로 팔아 버려야지."

하지만 막상 수확이 끝나고 버찌 철이 지나고 나면 다시 복숭아 철이 왔고, 복숭아 철이 지나면 포도 철이, 포도 철이 지나면 눈 내릴 무렵에야 수확할 수 있는 갈색 모과 철이 오고 곧이어 겨울이 왔다. 겨울이 되어 들판이 검은색을 띠고 정원이 텅 비어 버리면 더는 지나가는 사람도 집을 사겠다는 사람도 없었고 일요일마다 오던 파리의 상점 주인들도 발길을 끊었다. 노인은 이 석 달의 긴 휴식 동안 씨앗을 준비하고 과일나무들을 손질했다. 그 사이 쓸모가 없어진 벽보는 길 위에서 흔들리다가 비바람에 뒤집히곤 했다.

노인이 집을 사러 온 사람들을 쫓아내기 위해 갖은 방법을 다 써왔다는 사실을 알게 된 자식들은 마침내 큰 결단을 내렸다. 며느리 중 가게를 한다는 키 작은 여자가 내려와서 노인 곁에서 살기로 한 것이다. 가게를 한다는 키 작은 며느리는 아침부터 화장하고는, 길 가는 사람들에게 장사치 특유의 겉치레뿐인 친절과 아양을 떨어 댔다. 마치 집 앞의 거리마저 자기 소유라 생각하는 듯했다. 그녀는 문을 활짝 열어 놓고는, 지나가는 사람들에게 미소를 지으며 말했다.

"들어와 보세요! 내놓은 집이랍니다."

가엾은 노인에겐 이제 휴식도 없었다. 며느리의 존재를 애써 잊으려는 듯 노인은 몇 차례에 걸쳐 새로 씨를 뿌리고 밭을 맸다. 마치 죽음을 앞둔 사람이 이런저런 계획을 세우면서 공포를 잊으려는 것과 같았다. 하지만 며느리는 온종일 노인을 쫓아다니며 그를 괴롭혔다.

"이게 다 무슨 소용이에요? 이렇게 애쓰셔 봐야 다른 사람들 좋은 일만 시켜 주는 거라니까요!"

노인은 대답하지 않고 이상하리만큼 고집스레 자기 일에 집착했다. 그에게 정원을 내버려 두는 것은 정원의 일부를 잃는 것과 다름없었으며 이는 곧 정원과 인연의 끈을 잃어 버리는 것이었다. 그래서 그는 정원 길에 잡초 하나 없도록 했고 장미 나무에 불필요한 가지 하나 남겨 두지 않았다.

그러는 동안에도 집을 살 사람은 나타나지 않았다. 전쟁통이어서 며느리가 아무리 문을 활짝 열어 놓고 길가에서 웃음을 뿌려도 길가엔 이삿짐들만 지나갔고 집 안엔 먼지만 들어올 뿐이었다. 날이 갈수록 며느리의 신경질은 심해졌다. 그러다 며느리는 파리 일 때문에 어쩔 수 없이 돌아가게 되었다. 나는 며느리가 시아버지를 닦달하고 소리 지르며 문을 두들겨 대는 소리를 들었다. 노인은 말없이 허리를 구부린 채 뻗어 오르는 완두콩 줄기만 바라보고 있었다. '내놓은 집'이라는 벽보는 여전히 같은 자리에 걸려있었다.

올해 나는 시골에 갔다가 그 집을 다시 보게 되었다. 안타깝게도 집을 판다는 벽보는 더 찾아볼 수 없었다. 찢어지고 곰팡이 낀 포스터들만 몇 장 벽에 붙어 있을 뿐이었다. 다 끝난 것이다. 그 집은 팔렸다! 커다란 회색 대문 대신 새로 칠한 푸른색 문이 보였다. 둥근 합각이 달린 푸른색 문은 열려 있어 좁은 창살 사이로 정원이 들여다보였다. 과일나무들이 있는 예전의 정원이 아니라 화단과 잔디와 인공폭포 등으로 잡다하게 꾸민 부르주아 정원이었다. 정원의 모

292

든 것이 층계 앞에서 흔들거리는 커다란 금속 물체에 비치고 있었다. 그 금속 물체 안에서 정원 길은 꽃띠를 이루고 있었고 넓게 퍼진 사람의 얼굴도 비쳤다. 살이 찌고 얼굴이 붉은 사내가 온몸이 땀에 젖은 채 투박한 의자에 몸을 묻고 있고, 숨을 헐떡이는 뚱뚱한 여자가 물뿌리개를 흔들며 소리쳤다.

"봉선화에 물을 열네 통이나 주었어요!"

집은 한 층이 더 올라갔고 울타리도 다시 만들어져 있었다. 아직도 페인트 냄새가 가시지 않은, 새로 꾸민 집에선 유명한 춤곡과 궁중 무도회의 폴카 곡이 피아노 연주로 요란하게 울려 퍼지고 있었다. 이 춤곡은 길가까지 울려 나와 칠월의 지독한 먼지에 섞이면서 듣는 사람을 더욱더 덥게 만들었다. 커다란 꽃과 뚱뚱한 여인들의 소란, 넘쳐흐르는 듯 저속한 즐거움이 나의 가슴을 죄어 왔다. 나는 그곳에서 아주 행복해하며 조용히 산책하던 그 노인을 떠올렸다. 그리고 파리에 있을 그 노인의 모습을 상상해 보았다. 밀짚모자를 쓰고 늙은 정원사의 뒷모습을 한 노인이 따분함과 자신의 무력함에 눈물을 글썽이며 가게 뒤를 어슬렁거리는 동안 작은 시골집을 판 넘치는 돈으로 새 카운터 앞에서 의기양양해 있을 며느리의 모습을……

나룻배

전쟁이 일어나기 전에 아주 아름다운 현수교가 하나 있었다. 하얀 돌로 된 두 개의 높은기둥과 타르 칠을 한 밧줄이 센(Seine)강의 수평선 위로 길게 뻗어 있어서 마치 공중에 떠 있는 것처럼 보였다. 풍선과 선박들 덕에 현수교는 더욱 아름다웠다. 현수교 중앙의 커다란 아치 아래로 연기를 뿜어내는 수송선이 하루에 두 차례씩 통과했다. 수송선은 도관을 낮출 필요도 없었다. 현수교 양옆으로는 빨랫방망이와 세탁부들의 나무 의자들, 고리로 붙들어 매 놓은 작은 낚싯배들이 보였다. 풀밭은 커다란 초록빛 장막처럼 차가운 강바람에 나부꼈다. 그 사이로 미루나무 길이 현수교까지 이어져 있었다. 매혹적인 풍경이었다.

그런데 올해는 모든 것이 바뀌었다. 미루나무들은 여전했지만, 텅 빈 곳으로 이어졌다. 현수교는 사라지고 없었다. 두 개의 기둥은 폭파되어 주위에 돌들을 온통 흩뜨려 놓았다. 작고 하얀 통행료 매표소는 폭발의 요동 때문에 반쯤 파괴되어 담장과 잔해들이 이제 막 폐허가 된 듯한 모습이었다. 모래 속에 내려앉은 현수교 바닥은 마치 선원들에게 경고하기 위해 빨간 깃발을 내건 난파선의 커다란 잔재 같았다. 잘린 풀과 곰팡이 슨 나무판자 등 강물이 실어 온 모든 것들이 소용돌이를 일으키며 그곳에 쌓였다. 폐허가 된 풍경을 보니 마치 재난이 휩쓸고 지나간 것 같았다. 다리로 이어지는 가로수 길이 훤히 트여서 지평선이 무척 쓸쓸해 보였다. 그토록 울창하던 아름다운 미루나무들이 꼭대기까지 벌레들에 파 먹혀서(나무들도 적에게 침공당한 것이다) 싹도 없이 가늘고 너덜너덜한 가지들을 뻗고 있었다. 더는 필요가 없어진 황량한 대로에는 크고 흰 나비들이 무겁게 날고 있었다.

사람들은 다리가 다시 건축되기를 기다리며 그 근처에 나룻배를 띄웠다. 잘 매어 놓은 마차와 경작용 말들, 쟁기, 평온한 시절을 보내다가 물살을 보고서 눈이 휘둥그레진 암소들을 실어 나르는 커다란 배였다.

가축과 멍에가 배 한가운데 자리 잡았다. 가장자리에는 승객들과 농민들, 학교에 가는 아이들, 휴양 중인 파리 사람들이 자리했다. 돛과 로프가 말을 묶은 줄 곁에서 펄럭였다. 마치 난파된 사람들의 뗏목 같았다. 나룻배가 천천히 전진했다. 건너는 데 오랜 시간이 걸리는 센강은 예전보다 훨씬 더 넓어진 것 같았다. 무너진 다리의 폐허 뒤로 이제는 영영 떨어져 버린 두 강기슭이 보였다. 그 사이로 서글프고 장엄한 수평선이 뻗어 있었다.

그날 아침, 나는 강을 건너기 위해 아주 일찍 도착했다. 강변에는 아직 아무도 없었다. 축축한 모래 속에 움직이지 못하게 고정한 낡은 객차가 보였다. 뱃사공이 사는 곳이었다. 뱃사공의 집은 안개로 젖은 채 닫혀 있었다. 그 안에서 기침하는 아이들의 소리가 들렸다.

"어이, 유젠!"

"나가요, 나가!"

뱃사공이 어슬렁어슬렁 나오며 말했다. 그는 꽤 젊고 잘생긴 뱃사람이었다. 그는 지난 전쟁에서 포병으로 복무했는데 다리에 포탄 파편을 맞아 관절이 다쳤고 거동이 힘들어졌다. 얼굴도 온통 흉터투성이가 되어 돌아왔다. 그 선량한 사람이 나를 보고는 미소 지었다.

"오늘 아침에는 불편하지 않을 겁니다, 나리."

실제로 그 나룻배에 승객이라곤 나 혼자였다. 하지만 뱃사공이 밧줄을 풀기도 전에 사람들이 합류했다. 제일 먼저 나타난 사람은 맑은 눈을 가진 뚱뚱한 여자 농부였는데, 코르베이유 시장에 가느라 커다란 광주리 두 개를 양팔에 끼고 있었다. 그 광주리들 덕분에 자신의 투박한 몸매를 지탱하며 꼿꼿하고 똑바르게 걸을 수 있었다. 그녀 뒤편에 난 푹 팬 길 위로 다른 승객들이 안갯속에서 희미하게 보였다. 여인의 목소리가 들렸다. 그녀의 부드러운 목소리는 눈물에 푹 젖어 있었다.

"오! 샤시노 씨, 제발⋯⋯. 우리를 힘들게 하지 마세요. 그이가 이제 일한다는 것을 아시잖아요. 그이에게 갚을 시간을 좀 주세요⋯⋯. 그이가 그렇게 사정하잖아요."

"이미 시간은 충분히 줬는데. 그럼 좀 더 시간을 주지."

이가 빠진 늙은 농부의 냉혹한 목소리가 대답했다.

"이제는 집달관이 이 일을 처리할 거요. 집달관은 거침이 없는 사람이지. 어이, 유젠!"

"저 망나니가 샤시노라는 놈입니다⋯⋯."

뱃사공이 조그만 소리로 내게 말했다.

"갑니다, 가요!"

그때 거친 천으로 된 프록코트를 입고 아주 기다란 비단 모자를 쓴 괴상한 차림의 키 큰 노인이 강가에 서 있는 게 눈에 들어왔다. 볕에 그을려 피부가 쩍쩍 갈라진 그 농부는 뼈마디가 곡괭이질로 어그러진 굵은 손을 갖고 있었다. 신사복을 걸친 그는 훨씬 더 검고 그을어 보였다. 아파치 인디언 같은 갈고리 모양의 큰 코와 심술이 가득한 주름이 두드러진 고집불통의 얼굴은 '샤시노'라는 이름에 잘 어울렸다.

"자, 유젠, 빨리 출발하세."

그는 나룻배에 펄쩍 뛰어오르며 말했다. 그의 목소리는 분노로 떨리고 있었다. 뱃사공이 밧줄을 푸는 동안 한 여자 농부가 그에게 다가갔다.

"누구에게 원한이 있으신가요, 샤시노 영감님?"

"저런! 블랑슈, 너구나. 말도 꺼내지 마라. 너무 화가 나니까. 저 버렁뱅이 같은 마질리에네 집안 놈들 때문이다!"

샤시노는 파인 길로 흐느끼며 올라가는 작고 연약한 그림자를 주먹으로 가리켰다.

"그 사람들이 영감님에게 어떻게 했는데요?"

"그놈들은 네 번이나 임대료를 안 냈고, 내 포도주 값을 전혀 치르지 않았지. 나는 한 푼도 받지 못했다! 나는 이 길로 집달관한테 가서 그 비렁뱅이들을 거리로 죄다 내쫓게 할 거다."

"하지만 마질리에네 집 사람들은 참 착하던데. 그 사람이 영감님에게 갚지 못하고 있는 것은 아마도 그의 잘못이 아닐 거예요. 전쟁 동안 재산을 잃은 사람이 너무나 많잖아요."

그러자 늙은 농사꾼이 화를 터뜨렸다.

"멍청한 놈이지! 프로이센 사람들과 결탁해서 한 재산 모을 수도 있었는데 그자는 원하지 않았어. 프로이센군이 도착하던 날 마질리에네는 자기네 선술집을 닫아 버리고 간

300

판도 떼어 버렸지. 다른 카페 주인들은 전쟁 동안 큰돈을 벌었는데 그 작자는 그동안 단 한 푼어치도 팔지 않았어. 설상가상으로 그 작자는 오만하다는 이유로 감옥까지 가게 되었지. 정말이지 멍청하다니까! 전쟁 때문에 생긴 그 모든 일이 그 작자랑 무슨 상관이야? 그 작자가 군인이었나? 그 작자는 단골에게 포도주와 증류주를 공급하기만 하면 되는 거였어. 그러면 지금 나한테 돈을 갚을 수 있었을 테지. 불한당 같은 놈, 두고 봐! 내가 진정한 애국이 뭔지 가르쳐 줄 테다!"

그러더니 그는 분노로 얼굴이 상기되었다. 그는 큰 프록코트를 입고 있으면서도 올 굵은 작업복에 익숙한 시골 사람 특유의 우둔한 동작을 해 가며 미쳐 날뛰었다. 그가 말을 이어 가자, 조금 전까지 마질리에네 가족에 대한 연민으로 가득했던 여자 농부의 맑은 눈이 냉정해지더니 거의 경멸하는 기색이 되었다. 농부들은 돈 버는 일을 거부하는 사람들을 그다지 좋게 여기지 않았다. 그녀는 "그 아내가 참 안 됐네요."라고 말하더니 잠시 후 "네, 맞아요! 기회 앞에서 등을 돌려서는 안 되죠."라고 말했다. 그녀는 "영감님, 영감님 말이 맞아요. 빚을 졌으면 갚아야죠."라고 결론 내렸다. 샤시노는 앙다문 이빨 사이로 여전히 되풀이했다.

"멍청한 놈이야! 멍청한 놈!"

노를 저으면서 그들의 말을 듣고 있던 뱃사공은 그 대화에 끼어야만 할 것 같아서 말을 꺼냈다.

"그렇게 가혹하게 하지 마세요, 샤시노 영감님. 집달관을 찾아간다고 영감님에게 득이 될 게 뭐가 있나요? 그 불쌍한 사람들이 장사를 할 수 있도록 놔두면 돈을 더 빨리 받으실 텐데요. 그러니 좀 더 기다려 보세요. 돈 받을 수단이 생길 때까지요."

노인은 마치 누가 자기를 물기라도 한 듯 뒤돌더니 말했다.

"너한테 충고 하나 하지, 이 쓸모없는 놈아! 너도 아직 애국자 중 하나라지? 게다가 애는 다섯이나 되고 돈도 한 푼 없는데 기꺼이 자원해서 대포를 쏘러 간다면서? 제가 뭐좀 묻겠습니다, 나리. (이 가증스러운 늙은이는 내게 동의를 구하고 있었다) 그 모든 게 도대체 무슨 소용이란 말입니까? 예를 들어 저자는 거기서 얼굴이나 다치고 갖고 있던 좋은 직업도 잃고는 보헤미안처럼 사방으로 바람을 맞는 가건물에서 불쌍한 자식들과 빨래하느라 지쳐 빠진 아내와 살고 있습니다. 저자 또한 멍청한 놈 아닙니까?"

뱃사공의 얼굴이 분노로 번득였다. 그의 창백한 얼굴 한가운데 자리 잡은 하얗게 팬 깊은 흉터가 보였다. 그러나 그

302

는 자제력이 있었다. 그는 격분을 실은 노를 모래 속에 깊숙이 꽂고 비틀었다. 한마디 더 했다가 뱃사공 자리조차 잃을 수 있었다. 왜냐하면 샤시노 영감은 바로 이 지방의 유지였기 때문이다. 그는 시의회 의원이었다.

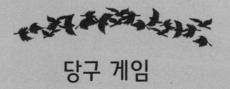

당구 게임

전투는 이틀 동안 계속되었다. 배낭을 멘 채로 억수처럼 쏟아지는 비를 맞으며 밤을 보낸 탓에 병사들은 모두 기진맥진해 있었다. 그들은 진흙탕으로 변해 버린 참호 구덩이 속에서 무기를 내려놓은 채 세 시간을 무작정 대기 상태로 있었다.

며칠 밤을 세운 데다 군복마저 비로 흠뻑 젖어 몸은 무거워질 대로 무거워져 있었다. 병사들은 몸을 녹이기 위해 서로 몸을 꼭 붙이고 간신히 몸을 지탱했다. 그중에는 옆 병사의 배낭에 기댄 채 서서 잠이 든 병사도 있었다. 넋이 빠지고 잠에 취한 그들의 얼굴에는 피로와 굶주림이 그대로 드러나 있었다.

불도 없고 따뜻한 수프도 없는, 낮고 검은 하늘이 드리운 비와 진흙탕 속에서 병사들은 사방이 적들로 둘러싸여 있는 듯한 불길함을 느꼈다.

저들은 왜 저러고 있는 것일까? 대체 무슨 일이 일어난 것일까?

포구를 숲 쪽으로 향한 대포들은 무언가를 겨냥하고 있다. 기관총은 숨겨진 채 똑바로 지평선을 향하고 있다. 모든 공격 준비가 완료된 것 같은데 왜 공격하지 않는 걸까? 그들은 무엇을 기다리는 걸까?

병사들은 명령을 기다리는데 사령부에서는 명령을 내리지 않고 있는 것이다.

사령부는 그리 멀지 않은 곳에 있었다. 사령부 건물은 붉은 벽돌로 지어진 루이 13세풍의 멋진 성으로, 비에 씻긴 산허리에서 반짝이고 있었다. 프랑스 국기를 꽂기에 손색이 없을 정도로 위엄 있는 건물이었다. 깊은 도랑과 돌난간이 길과 나란히 달리며 접근을 차단하고 있었다. 그 너머로는 꽃화분으로 가장자리를 장식한 잔디가 층계참까지 곧장 뻗어 있었다. 반대편, 소사나무들이 빛의 통로를 만들어 내는 저택 안쪽으로는 백조들이 헤엄치는 작은 연못이 거울처럼 펼쳐져 있었고 파고다 모양의 새장 지붕 아래엔 공작과 금색 꿩들이 나뭇가지 아래서 날카로운 소리를 내며 날갯짓을 하거나 꼬리를 둥글게 펼치고 있었다. 주인들은 떠나고 없었지만, 전쟁으로 버려졌다는 느낌을 들지 않았다. 사령부의 깃발이 잔디밭의 작은 꽃 하나까지 지켜 주는 듯했다. 화단은 잘 정돈되어 있었고 길은 정적에 싸여 있었다. 전장 한가운데서 이러한 호사스러운 정적을 맛본다는 건 무척이나 감동적인 일이었다.

비는 반대편 길에서는 더러운 흙탕물과 깊은 바퀴 자국을 만들뿐이었지만, 이곳에 오면 붉은 벽돌과 푸른 잔디를 더욱 붉고 푸르게 만들고 오렌지 나뭇잎들과 백조들의 하얀 깃털을 더욱 윤기 나게 만들어 주는 우아한 물세례가 되었다.

모든 것에서 빛이 났고 모두가 평화로웠다. 정말이지 지붕 꼭대기에서 펄럭이는 깃발이 아니라면, 철책 문 앞에서 보초를 서는 병사 두 명만 없다면, 아무도 이곳이 군사령부라고 생각하지 못했을 것이다. 말들은 마구간에서 휴식을 취하고 있었고, 사복을 입고 주방 근처를 어슬렁거리는 당번 사병들과 넓은 안뜰의 모래를 갈퀴로 조용히 고르고 있는 붉은색 바지를 입은 정원사들만 눈에 띌 뿐이었다.

돌난간을 향해 창문이 나 있는 식당에서는 반쯤 치운 식탁과 구겨진 식탁보 위로 마개를 딴 술병들과 뿌연 빈 술잔들이 어질러져 있었다. 식사를 마친 손님들이 떠난 것이다. 옆방에서는 말소리, 웃음소리, 당구공 굴러가는 소리, 잔 부딪치는 소리가 들려왔다. 사령관이 당구 게임을 하느라고 병사들이 저렇게 하염없이 명령을 기다리고 있는 것이다. 사령관은 한번 게임이 시작되면 하늘이 무너지고 세상이 두쪽 나도 도중에 멈추는 법이 없었다.

당구 게임!

이것이 이 위대한 지휘관의 결점이었다. 마치 전장에 나선

듯 제복을 갖춰 입고 가슴에 훈장들을 단 그의 눈은 반짝이고 뺨은 상기되어 있었다. 식사와 경기 중에 마신 그로그 칵테일 때문이었다.

정중하고도 공손한 자세로 사령관 곁을 둘러싼 참모들은 그가 공을 한 번 칠 때마다 감탄의 표정을 지었다. 사령관이 한 점을 내면 모두 점수를 올리기 위해 달려갔고, 사령관이 목이 마르면 다투어 그로그 칵테일을 갖다 바쳤다. 사령관이 찬 견장의 깃털 장식들이 흔들리고 훈장들이 부딪쳐 소리를 냈다. 정원 쪽과 맞닿아 있어 떡갈나무들에 둘러싸인 천장 높은 응접실은 깔끔한 제복을 갖춰 입은 아첨꾼들의 깍듯한 예절과 상냥한 미소가 넘쳐났다. 이는 콩비에뉴의 가을을 떠오르게 했고, 길가 저쪽 삼삼오오 비를 맞으며 추위에 떨고 있는 꾀죄죄한 군복의 병사들을 잠시 잊게 만들었다.

사령관의 게임 상대는 참모부의 키가 작은 대위였는데 곱슬머리에 꽉 끼는 군복을 입고 밝은색의 장갑을 끼고 있었다. 그는 당구에 있어서는 세상의 모든 장군을 이길 수 있는 실력을 갖추고 있었다. 하지만 자기 상관에게만은 애써 이기려고도 하지 않고 쉽게 져주려 애쓰지도 않는 예의를 갖출 줄 알았다.

"이봐, 우리 말을 잘 듣게. 잘해야 해. 사령관님은 15점이고 자네는 10점일세. 이런 식으로 끝까지 게임을 이끌어야 하네. 그렇게 하면 자네는 밖에서 세상을 삼켜버릴 듯 쏟아지는 폭우 속에 군복을 더럽혀 가며 오지도 않을 명령을 기다리는 병사들보다 더 빨리 진급할 수 있어."

게임은 흥미진진했다. 당구공들이 굴러가며 다른 공들을 치면 여러 색깔의 공들이 서로 뒤섞였다. 쿠션에 맞은 공이 퉁겨 나오고 당구대 주변은 열기로 후끈해졌다. 순간 갑자기 대포의 불꽃이 하늘로 치솟아 올랐다. 육중한 소리가 창문을 뒤흔들었다. 모두가 몸을 떨며 불안한 표정으로 서로를 바라보았다. 하지만 오직 사령관만은 아무것도 보지도 듣지도 못한 듯했다. 그는 당구대에 몸을 기울이고 멋지게 공을 끌어낼 생각에만 골몰하고 있었다. 끌기 기술이 그가 가장 자신 있는 기술이었다!

하지만 다시 포화가 번쩍이고 또 다른 포화가 잇따랐다. 포격은 연속해서 이어졌고 게다가 점차 그 간격이 좁아지고 있었다. 참모들이 창가로 달려갔다. 프로이센 군인들이 공격해 오는 것이 아닌가?

"좋아! 공격해 보라고 해!"

사령관이 초크를 칠하며 말했다.

"대위, 자네 차례네."

참모들은 감탄하며 몸을 떨었다. 적이 공격해 오는 순간에
도 당구대 앞에서 침착함을 잃지 않는 사령관에 비하면 대
포 위에서 잠을 잤다는 튀렌 따위는 아무것도 아니었다. 그
사이 굉음은 더 심해졌다. 대포 소리와 찢어지는 기관총 소
리, 보병대의 소총 소리가 섞여 들려왔다. 검붉은 연기가 잔
디밭 너머에서 올라오고 뜰 안쪽은 불타고 있었다. 놀란 공
작과 꿩들은 새장 안에서 큰 소리로 울어댔고 화약 냄새를
맡은 아라비아산 말들은 마구간에서 뒷발을 딛고 일어섰다.
사령부도 동요하기 시작했다. 급보가 이어지고 전령들이 말
을 몰고 도착했다. 사령관을 만나기 위해서였다.

하지만 지금은 아무도 그에게 접근할 수 없었다. 앞에서도
말했던 것처럼 게임이 끝나기 전까지는 아무도 그를 방해
할 수 없었던 것이다.

"자네 차례일세, 대위."

하지만 그도 아직 젊은이였던 터라 대위도 방심하고 말았
다! 마음이 급해진 그가 자기 임무를 잊고 연달아 두 번이
나 점수를 내서 경기를 거의 끝낼 뻔했다. 이번에는 사령관
이 화를 냈다. 당황과 분노가 혈색 좋은 그의 얼굴에 그대
로 나타났다. 이때 말 하나가 쏜살같이 달려와 정원으로 뛰

311

어들었다. 진흙투성이의 참모 한 명이 보초병을 밀치고 단숨에 층계 위로 올라섰다.

"사령관님, 사령관님……!"

사령관이 그를 어떻게 맞이했는지 여러분도 봤어야 했는데…….

잔뜩 화가 나 닭 볏처럼 빨개지고 부은 얼굴의 사령관이 당구 큐를 손에 쥔 채 창가로 다가갔다.

"뭐야? ……무슨 일인가? ……여긴 보초병도 없나?"

"하지만 사령관님……."

"알았어……. 잠시 기다리게……. 명령을 내릴 때까지 기다리라고……. 빌어먹을!"

그러고는 창문이 꽝 닫혔다.

그의 명령을 기다려야만 한다!

불쌍한 병사들이 할 수 있는 것은 기다림밖에 없었다. 비바람과 함께 유탄들이 병사들의 얼굴에 퍼부어졌다. 무기가 있는데도 왜 공격하지 못하는지 이유도 알지 못하고 멍하니 대기만 하던 다른 대대들은 이미 전멸해가고 있었다. 그런데도 병사들은 어쩔 수 없이 명령만을 기다리고 있어야만 했다.

하지만 죽는 데에 명령은 필요 없었다. 병사들은 침묵하는

312

거대한 성을 바라보며 덤불 뒤에서, 구덩이 속에서 수백 명씩 쓰러졌다. 병사들이 쓰러진 뒤에도 총탄은 그들의 몸을 찢었고, 병사들의 벌어진 상처에서는 용감한 프랑스의 피가 소리 없이 흘러내렸다.

저 위쪽 당구대가 있는 홀에서도 싸움은 치열했다. 사령관은 점수에서 앞서 나갔고 키 작은 대위는 사자처럼 방어만 했다.

십칠! 십팔! 십구……

사람들은 초조하게 점수를 헤아렸다. 총성은 점점 가까이 다가왔다. 이제 한 점만 내면 끝이었다. 포탄은 이미 정원 위로 떨어지고 있었다. 연못에도 포탄이 떨어졌다. 거울 같은 연못의 수면이 갈라졌고 그 위에서 피투성이가 된 백조가 날개를 파닥이며 떠다녔다. 마지막 포격이었다.

이제 다시 깊은 침묵이 찾아왔다. 자작나무 위로 빗방울 떨어지는 소리, 언덕 밑에서 뭔가 구르는 소리, 젖은 길 위를 급박하게 지나가는 가축 떼의 발소리 같은 것만 들릴 뿐이었다. 살아남은 병사들이 패주하고 있었다. 그리고 사령관은 게임에서 승리를 거두었다.

작가 연보

1840년 5월 13일 프랑스 남부의 님에서 아버지 뱅상 도데와 어머니 아들린 레이노 사이에서 삼 형제 중 막내로 태어났다.

1855년 리몽 중학교에서 공부하던 중, 비단 도매상인 아버지가 파산하면서 가세가 기울자 중퇴했다. 그리고 이후 1857년까지 알레스 공립 중학교에서 복습 교사로 일했다.

1858년 형 에르네스트 도데의 도움으로 파리로 이사했다.

1859년 처녀작인 시집 〈사랑에 빠진 연인들(Les Amoureuses)〉로 문단에 데뷔하여 지식인들의 주목을 받았다. 이로 인해 〈르 피가로(Le Figaro)〉지의 기자로 발탁되었다. 파리에서 프로방스 시인 프레데릭 미스트랄을 만나 교류했다.

1860년 입법의외 의장인 샤를 드 모르니 공작의 비서가 되었다.

1862년 연극에 관심을 가져 희곡 〈마지막 우상〉을 발표했다.

1865년 〈풍차 방앗간 편지〉의 집필을 시작했다.

1866년 잡지 〈레벤느망(L' Événement)〉에 〈풍차 방앗간 편지〉 12편을 게재했다.

1867년 쥘리아 알라르와 결혼했다.

1868년 자신의 불우했던 어린 시절과 학교생활 등을 회고하는 자전적 소설인 〈꼬마 철학자(Le Petit Chose)〉를 발표했다. 샹로제에 있는 작은 시골 마을로 이주했다.

1869년 첫 소설집 〈풍차 방앗간 편지〉를 출간했다. 이 작품은 극찬을 받았다. 이후 소설가로 전향했다.

1872년 열정적인 청년의 실연을 그린 〈아를의 여인〉이 비제의 음악으로 상연되었고, 고향에 대한 애정을 표현한 〈타라스콩의 타르타랭〉을 발표했다.

1873년 1870년 발발한 프랑스-프로이센 전쟁으로 전쟁의 참상과 비참함을 느낀 도데는, 전쟁터에서의 경험을 토대로 패전국의 비애와 조국애를 담은 이야기들을 묶어 단편집 〈월요 이야기〉를 출간했다. 고요하고 아름다운 문장으로 표현했으나, 때때로 날카로운 풍자가 돋보이는 작품이었다. 유명 작품인 〈마지막 수업〉, 〈소년 간첩〉 등이 실렸다.

1874년 생활에 여유가 생기고 자신의 문학성에 자신감을 얻은 도데는 당시 유행하던 사실주의에 심취하여 현대 사회의 풍속을 묘사하는 데 전념한다. 파리의 산업 구조를 서술한 〈동생 포르몽과 형 리슬레르(Fromont jeune et Risler ain)〉를 발표했다.

1876년 〈자크(Jack)〉를 출간했다.

1877년 재계와 정계를 묘사한 〈나바브(Le Nabab)〉를 발표했다.

1879년 척수감염이라는 불치의 병에 걸렸다.

1882년 어머니가 사망했다.

1883년 〈전도사(L'Evangéliste)〉를 발표했다.

1884년 방랑하는 예술가의 이야기인 〈사포(Sapho)〉와 〈누마 루메스탕(Numa Roumestan)〉을 발표했다.

1885년 〈알프스의 타르타랭(Tartarin sur les Alped)〉를 발표했다.

1887년 샹프로제에 집을 매입했다. 이 저택에 에드몽 드 공쿠르, 에밀 졸라 등 많은 문인들이 드나들었다.

1889년 수필집 〈회상록(Souvenirs d'un homme de lettres)〉을 발간했다.

1897년 〈아르탈랑의 보물(Trésor d'Artalan)〉을 발표했다. 12월 16일, 파리의 저택에서 가족들과 식사하던 도중에 갑자기 사망했다. 페르라셰즈 묘지에 안장되었다.

살면서 꼭 읽어야 할 알퐁스 도데 단편선

발행일 초판 1쇄 2022년 8월 25일

지은이 알퐁스 도데 **옮긴이** 정시원
펴낸이 강주효 **마케팅** 이동호 **편집** 이태우 **디자인** 하루
펴낸곳 도서출판 버금 **출판등록** 제353-2018-000014호
전화 032)466-3641 **팩스** 032)232-9980
이메일 beo-kum@naver.com
블로그 blog.naver.com/beo-kum
제조국 대한민국
주의사항 종이에 베이거나 긁히지 않게 조심하세요.

ISBN 979-11-978983-7-2
값 13,000